呑兵衛和尚
イラスト　陽葉ヨウ
ネット通販から始まる、
現代の魔術師
10
▼ 魔人王降臨編・覚醒のとき来る

イラストレーター紹介　223

登場人物紹介

乙葉浩介

「俺に、もっと力があれば……」

十七歳高校生。異世界転生し損ねた挙句、『ネット通販』というチートスキルを授かってしまった。アメリカから帰還したものの、日本国内でも騒動に巻き込まれる。そして、サンフランシスコで怒った惨劇を知り、急遽、アメリカへ戻っていく。

最近欲しいものは、未来を予測する力。

築地祐太郎

「はぁ……魔術師じゃなくて、近接格闘系だなんて聞いていないんだけど」

十七歳高校生。詠春拳と機甲拳の二つの拳法を操る、『現代の闘気使い』。魔障中毒を解除するべく、唐澤りなちゃん・有馬紗那・白桃姫と共に冥王の元へ向かったものの、元十二魔将のプラティ・パラティの元でとんでもない修行に付き合わされることになった模様。

最近欲しいものは、伯狼雹鬼に打ち勝つ力。

新山小春

「嘘でしょ……こんなことが起こるなんて!」

十七歳高校生。治癒神シャルディアの加護を持つ、『現代の聖女』。

乙葉浩介らとともにアメリカから日本に帰国。そののちは、活性転移門の影響下で負傷した人々の救済を行っていたが、サンフランシスコの惨劇を聞き、急遽アメリカへリターン。

最近欲しいものは、より大勢の人を癒す魔力。

瀬川雅

「……はぁ。やっぱりこうなりましたか……」

十九歳・北海道大学一年生。乙葉たちの先輩であり、女神の加護により『深淵の書庫《アーカイブ》』という情報解析魔術に覚醒した『現代の賢者』。

日本に帰国後も、自らの身体に起きた異変に悩まされていたが、ついに覚悟を決めた模様。

最近欲しいものは、深淵の書庫《アーカイブ》の拡張機能と覚醒能力の制御方法。

唐澤りな

「あのね、りなちゃんはね……実は強いのですよ?」

十六歳高校生。山猫型獣人で、有馬紗那の幼馴染。

有馬祈念の製作した対人用魔導具・ツァリプシュカを自在に操る、乙葉たち現代の魔術師の前衛担当。

実はとてもＩＱが高いのだが、普段の言動と態度で誤解されやすい、もとい誤解されまくり。

最近欲しいものは、近所のレストランの年間パスポート。

有馬紗那

「はぁ。本当に、無事に帰れるのでしょうか」

十六歳高校生。オート・マタで、唐澤りなの幼馴染。

錬金術師ファウストの血を受け継ぐ父、有馬祈念によって再生・復活したオート・マタ。

様々なサポート魔導具を操り、魔導騎士アイアンメイデンを駆る現代の魔術師の重火力担当。

最近欲しいものは『生身の肉体』。思春期故、ホムンクルスボディに意識を移してエンジョイしたい。

白桃姫

「なんじゃ、久しぶりじゃな」

元十二魔将、魔族名ピク・ラティエ。

空間系魔術を自在に操る、稀代のぐうたら天才魔族。

築地たちと共に、彼の魔障中毒を治療すべく、アトランティスへとやって来た。

最近欲しいものは、暇な時間。

プラティ・パラティ

「はっはっはっ。良い実験体……被験体が来ましたなぁ」

元・十二魔将。

特異点『アトランティス』の住人にして、暗黒魔術の使い手。

外見は黄金の骸骨というういで立ちだが、実は武闘派の魔術師。

最近手に入れたのは、新たな弟子。

藍明鈴

「はぁ……どうして私が実働班なのよ」

香港の妖魔組織・黒龍会に所属する上級魔族。

『魔力集積型小銃』という武具を自在に生み出すことができ、黒龍会でも交渉人として雇われている。

また、巫術により僵尸《キョンシー》を生み出し使役する、僵尸《キョンシー》使いとしても有名である。

現代技術を毛嫌いし、できる限り触れないように努めているらしい。

最近欲しいものは、とにかく金。

馬天祐

「ふぅ。まったく面倒くさいこと、このうえありませんね」
フリーランサーの伯爵級魔族。
オーク亜種上級魔族であり、道教と呪術、巫術を自在に操る。
また、巫術により生きている人間を自在に操ることができる。
藍明鈴、ジェラール浪川とはたびたび衝突しており、彼らとは犬猿の仲である。
最近欲しいものは、戦闘用獣魔。

乙葉浩介
築地祐太郎

新山小春

瀬川雅

セレナ・アンダーソン

ミラージュ・乙葉

藍明鈴

ネット通販から始まる、現代の魔術師⑩

魔人王降臨編・覚醒のとき来る

呑兵衛和尚　著

イラスト　陽葉ヨウ

第一章　転移門攻防戦

重見天日、一葉落ちて天下の秋を知るしかない（とっとと終わらせて帰りたいわ）

アメリカに発生した転移門。

それは魔族が五百年ごとに行う儀式によるものではなく、水晶柱が俺たちの世界に姿をあらわしたことにより発生した、いわば『自然発生型・転移門』である。

しかも魔素を吸収して活性化を開始していたため、このままではいずれ鏡刻界《ミラーワーズ》と接続してしまうおそれがある。

「新山さん、とりあえず築地くんに情報共有をお願いします。乙葉くんはここの門の対応策を考えてください、私はここ以外の転移門の活性度合いについて調査します……深淵の書庫《アーカイブ》！」

——シュンッ
素早く立体魔法陣を形成する瀬川先輩。

その横では、新山さんがルーンブレスレットに向かって話しかけている。

念話モードなので話しかける必要はないんだけどさ、あの方がイメージしやすいとかで。

「……お、乙葉くん……築地くんと念話がつながらないの」

「あちゃあ……そっか、魔障中毒で体内の闘気を練ることができないから、ルーンブレスレットが起動しないのかよ……予想外だったわ。新山さんは先輩のサポートに回って、深淵の書庫《アーカイブ》のなかに避難してくれ」

——ニュルン
そう。

目の前に存在する、小型凱旋門のような【活性転移門】が反応したんだわ。

俺たちの魔力に気がついたのか、触手のようなものを扉表面にゆっくりと生み出している。

――シュルルルル‼

そして無数の触手が深淵の書庫《アーカイブ》に向かって伸びていくんだが、深淵の書庫《アーカイブ》を形成している結界陣に触れた瞬間に弾き飛ばされている。

あれは、女神ムーンライトの加護の塊だから、そんじょそこらの魔将程度では破壊不可能だからなぁ。

そんじゃ、俺も対応策に入りますか！

――ブゥン
空間収納《チェスト》から魔晶石をいくつか取り出し、グッと握って魔力をチャージ。

その瞬間に、活性転移門の触手が一斉に俺の方を向いた。

そうだよ、俺の魔力の方が濃度的には高いからな。

魔力の質でも、先輩の深淵の書庫《アーカイブ》よりも俺の魔術属性の方がより強いだろう。

ただ、それでもすぐには襲ってこないのは、門にもなんらかの判断能力があるんだろう。

――ズズッ、ズズッ
「それなら、俺としても対策を練らせてもらうからな」

ゆっくりと足の爪先に魔力を集め、それで足元に魔法陣を描きはじめる。

これは魔族が使う空間結界術式を、俺の魔術で発動できるように改編したもの。

これで活性転移門のある場所を、空間ごと切断する。

水晶柱から送り込まれる魔素についても、理論上はこれで隔絶できるはず。

――ズッ、ズズッ……シュルルルル‼

ときおり伸びてくる触手は、五式・炎の矢《フレアアロー》で迎撃。

破壊耐性があるのは本体である門のみらしく、触手は俺の放った炎の矢《フレアアロー》で燃やすことができた。

それならば、いける‼

「並列思考スタート！ターゲットは活性転移門の触手、五式・炎の矢《フレアアロー》スタンバイ‼」

――ブゥゥゥン

俺の周りに形成される二十本の炎の矢《フレアアロー》。

そして発動時の魔力に反応して大量の触手が俺めがけて飛んでくるが、それらはすべて周囲に浮かぶ炎の矢《フレアアロー》をカウンターで飛ばし燃やしていく。

さらに、足元ではしっかりと魔法陣を形成。

次々と襲いかかる触手と飛んでいく炎の矢《フレアアロー》、壁のような拮抗状態がしばらく続いたが。

――ダン!!

ようやく魔法陣は完成した。

「さて、魔族の転移門のときは時間が足りず使えなかった、現代の魔術師の大技、とくとご覧あれ！　空間断絶結界陣《マジック・ジャイル》、発動っっっっっっ！」

術式の発動に必要な魔力を注いだ瞬間、活性転移門の足元に魔法陣が発生。

すると、魔法陣から発する魔力に引かれて触手が突き刺さっていくのだが、術式が発動した時点で時すでに遅し。

――ブゥン
魔法陣の中で活性転移門が虹色に輝く立方体に包み込まれると、まるで立方体パズルを動かすかのようにカチッカチッと回転をはじめる。

そして一分後、すべての面が光り輝くと、転移門は空間の彼方に消えていった。

「先輩、水晶柱の確認を!!」

「了解ですわ!!」

すぐさま深淵の書庫《アーカイブ》で水晶柱を確認してもらうと、そこから発生していた活性転移門との繋がりが完全に切断されているのが確認できたらしい。

「……ふう。ミッションコンプリートですわね。新山さんもお疲れさま」

「はい。先輩も乙葉君も、お疲れさまです」

両手にスクロールを握りしめている新山さんが、俺たちに軽く微笑む。

神聖魔法では戦闘に対するサポートはできないが、そのかわりスクロールによるディフェンスは可能。

最近はそれをうまく使いこなしているらしく、スクロール捌《さば》きもかなりのものらしい。

それに、緊急時にはミーディアの楯も展開するらしいから、守りについても完璧だよね。

「ということなので、活性転移門は空間に封じ込めました。あとは仕上げに……ね」

――ブゥン
右手の指先に六枚の封印呪符を生み出すと、それを活性転移門の存在した空間に向かって投げ飛ばす。

それは空間を超えて、俺が作り出した空間断絶結界陣《マジック・ジャイル》のすべての面に張り付き、結界を完全に異空間に固定した。

「乙葉くん、いつの間にそんな魔法を覚えたの？」

「散々結界には悩まされてきたからさ。だから対策も兼ねて、俺の作った結界装置の術式と俺が覚えている封印術式、そして例の五芒星結界陣を組み合わせて、強力な空間固定術式が作れるかなーって考えていたんだよ。それがこれなんだけれどね」

小さいことからコツコツと。

魔術師なら、日々魔術の研鑽《けんさん》は必要だからね。

残念ながら、俺が覚えている封印術式では、この活性転移門を封印することはできない。鏡刻界式封印術《ミラーワーズ》と、俺がカナン魔導商会や巫術の書で手に入れた封印術式とは、法則性が異なっているらしい。

それに転移門自体の能力で封印の効果時間が短縮されてしまうのと、本来の封印術式の使用条件である『対象の疲弊《ひへい》もしくはダメージ蓄積』が不可能なので、使い物にならないらしい。

だから、即興だけど研究中の空間断絶結界陣《マジック・ジャイル》を使ってみたんだよ。

効果は永続的ではないんだけどさ、封印呪符によって百年ぐらいは維持が可能。

それだけの時間があれば、活性転移門も力を使い切って消滅するだろうと試算したよ。

「……この前の戦闘で、魔術師の力は見せてもらったが。まだまだ奥が深いということか。いや、助かったよ、ありがとう」

後ろに控えていたマクレーン主任が、そう告げながら俺たちに頭を下げる。

「さてと。マクレーン主任、これでニューヨークは危機を脱したことになるかしら？　乙葉くんの結界を超えることができる魔族はそうそういませんから、まずはひと安心というところですけれど」

「いやいや、瀬川先輩、そんなことはないと思いますよ。空間干渉能力がある魔将クラスなら、多分だけど俺の張り付けた呪符を破壊できるだろうからさ……。封印呪符を破壊されたら、半日ぐらいで空間断絶結界陣《マジック・ジャイル》は消滅するかもしれないから安心はできないんだけど。それでもまあ、そんな能力が使える魔族って、俺の知る限りは白桃姫ぐらいだからなぁ」

この空間断絶結界陣《マジック・ジャイル》の欠点は、安定性が低いこと。

術式をもっと練り込んで作り上げたのなら、まだ強度は高まったかもしれない。

でも、それを補うための封印呪符も貼り付けあるので、そこそこには持つとは思う。

そう腕を組んで考えていると、マクレーン主任が俺たちに頭を下げた。

「それでも、この窮地《きゅうち》を救ったのは君たちだ。改めて、ヘキサグラム・ニューヨーク支部長として感謝する。この件については、ヘキサグラム本部のアナスタシア・モーガン代表にもしっかりと報告させてもらうからね」

その人って、ヘキサグラムで一番偉い人だよなぁ。

それはまた光栄ですけど、アメリカには帰属しませんからね。

「まあ、あまり大袈裟にならないようにお願いします。さて、次はサンフランシスコだよな」

そう呟いて先輩たちの方に歩きはじめた途端、俺はガクンと地面に跪《ひざまず》いてしまう。

体内から魔力が外に溢れているというか、貧血のような症状……うん、急激な魔力枯渇《こかつ》による、『魔力酔い』を起こしているなぁ。

俺の方に慌てて新山さんが走ってくるけど、俺はニッコリと笑ってサムズアップ。

もう意識も限界だ、あとは任せた‼

むぎゅう。

○　○　○　○　○

――サンフランシスコ

ユニオンスクエアの一角にある、古い雑居ビルの一つ。

そこには香港マフィア『黒龍会』の支部が存在する。

表向きは日用雑貨・美術品などを取り扱う『光海公司』という貿易会社であるが、そこに出入りしている者たちの大半は、人間ではなく魔族であった。

黒龍会は第三次大侵攻時、香港に開いた転移門を通ってこちらの世界にやってきた魔族が起こした組織であり、同時に裏地球《リヴァース》においてのマグナム派の最大組織の一つでもある。

黒龍会のトップは『不死王《エタニティ》』という、マグナムの参謀。

彼を中心としたマグナム派と、フォート・ノーマ派の魔族によって組織は構成されている。

現在はマグナムの命令により、黒龍会は裏地球《リヴァース》側から転移門を開くべく暗躍《あんやく》を繰り返している。

日本の妖魔特区に転移門が発生したとき、彼らは転移門を手に入れるべく日本侵攻を目論んだものの、乙葉浩介によって魔族式転移門が失われ計画はご破算。

だが、その直後に世界各地に水晶柱が出現。

その水晶柱の近くに未知の転移門が出現したという報告を受けたとき、彼らは確信した。

この転移門を活性化させれば、鏡刻界《ミラーワーズ》への道が開けると。

だが、そのために必要な魔力は、人間からは到底得られるものではない。

そもそも人間が保有している魔力など微々たるものであり、彼らを生贄《いけにえ》にしたところで、転移門開放に必要な魔力を蓄えるためには何十年、何百年もの時が必要。

それならばと、黒龍会はマグナムの命令により『同胞狩り』をはじめる。

魔族を生贄とし、転移門の活性化を行う。

それでも必要な量の魔力を確保することができず、鏡刻界《ミラーワーズ》へと続く門を開くことかなわず。

そこで彼らが新たに目をつけたのが、日本在住の錬金術師である有馬祈念。彼の発明した【魔力炉】である。

…………

……

…


「しかし、藍明鈴は使い物にならないな。あれだけの腕がありながら、ここ一番では詰めが甘くなる」

椅子に座って窓の外を眺めている不死王《エタニティ》が、藍明鈴からの報告を届けに来たブルーナ・デュラッへに向かって呟く。

不満？

いや、むしろ失望。

藍明鈴は知性派魔族としてはそこそこ有名であったが、いかんせん旧態依然のやり方を好む。

結果として現代の魔族のあり方になじむことができず、今回のようなミスをする。

「あの女は考えが古すぎます。もっと柔軟な思考ができなくては、一生あのままです。それと、こちらはつい先ほど届いた報告です。ニューヨークの活性転移門が封じられました」

――ピクッ
ブルーナの事務的な言葉に、不死王《エタニティ》の片眉根がピクッと吊り上がる。

不死王《エタニティ》は好々爺と呼ぶにふさわしい老人の姿であり、髪も眉も髭も、すべてが真っ白。

皺々《しわしわ》の皮膚からは歴史を感じさせる、そんな雰囲気を漂わせている。

事実、不死王《エタニティ》はマグナム派としては穏健派であり、荒事はすべて配下に任せている。

その不死王《エタニティ》が、あからさまに不機嫌さを露わにした。

「敵はどこの派閥だ？ 魔人王継承の儀までには、すべての準備を終えなくてはならない。ニューヨークの転移門ということは、ヘキサグラムに潜入しているネスバースの管轄ではないのか？」

「そのネスバースからの報告も途絶えました。繋ぎ手であった念話能力保持魔族とも連絡が途絶えたままです……」

「成程……な。つまりなにか予想外の事件がニューヨークで起きているということか。まあ、東海岸側の転移門が消滅しても、西海岸側はまもなく次のフェーズに移行する。急ぎ魔力の補充を続けたまえ……」

そう告げられて、ブルーナは一礼してから部屋を出る。

彼に与えられた仕事は、サンフランシスコ・ターミナルの活性化。

かつては勇者の力と呼ばれていた『水晶転移能力』、それを鏡刻界《ミラーワーズ》のラナパーナ王家が解析し、水晶柱を用いた転移システムを構築した。

だが、それは本来の力の使い方ではない。

水晶柱はすなわち、魔素吸収装置。

それを活性化し自在に操る力こそが、ブルーナの持つ『水晶柱転移能力』。

彼が表に出している能力は、『水晶柱活性化』と『水晶柱転移能力』だけ。

水晶柱を支配し制御する『水晶媒体使役化』については、まだ彼は秘匿《ひとく》していた。

彼が本当に認めていた主人、『ファザー・ダーク』再臨のためにこそ、その力は振われる。

それまでは、そのときがくるまでは、ブルーナはマグナム派の魔族として、仮初《かりそめ》の力で不死王《エタニティ》に協力しているだけであった。

「さて、それじゃあはじめますか」

光海公司を後にしたブルーナは、近くに借りている大型倉庫へとやってきた。

その中は大量の雑貨や美術品が保存されているのだが、奥にある扉を開けた先には、同一座標位相空間が広がっている。

その空間の中心にそびえたつ水晶柱の近くまで歩み寄ると、ブルーナは水晶柱に触れ、呼吸を整える。

「遠隔投影……水晶柱よ、我に汝の持つ記憶を見せたまえ」

ブルーナは柱に残された記憶から、ニューヨークでなにが起きたのかを確認しようとしている。

やがて水晶柱の表面にいくつもの映像が浮かびあがるが、その中からニューヨークの水晶柱が見ていた光景を見つけ出すと、そこに意識を絞り込む。

そこには、乙葉浩介とその仲間たちが活性転移門を封じている映像が浮かび上がっていた。

「ほう……こいつは陣内が仕留め損ねた魔術師か。日本にいると思っていたが、まさか我々の計画に気付いてアメリカに来たのか?」

そう呟くと、ブルーナは別の柱へと意識を繋ぐ。

魔素が薄いこの世界では、ブルーナでもアメリカ大陸の水晶柱は半分ほどしか掌握《しょうあく》していない。

それでも、それらの柱を使って計画を早めるぐらいは不可能ではない。

「各地の柱の守護者に、ブルーナの名において命じる……より強い魔族を捕え、サンフランシスコへ送り届けよ……」

その言葉は水晶柱を通じて各地の配下の元に届く。

そしてアメリカ大陸のあちこちでは、大規模な『魔族狩り』が発生した。

一人当千、でも毛氈(もうせん)を被ってしまったかも（家に帰れない……）

ニューヨーク州にある水晶柱。

その傍に出現した活性転移門については、緊急処置を行うことができた。

まあ、完全に封印できたわけではなく、別空間に隔離して動けなくして固定したと思ってくれればいい。

それと封印がどう違うかって言われると……うん、わからん。

多分だけれど、違いはどこかにあるとしか説明できないんだよ。

破壊耐性持ちの対象相手に、ダメージを与えて疲弊《ひへい》させるなんて芸当はできないからさ。

【封印術式】は、相手を衰弱させて抵抗する力を弱めないと効力を発揮しない。

そのちょうどいい加減を考えてダメージを与えないと、オーバーキルになって相手は霧散化《むさんか》してしまう。

また、その前に霧散化して逃げられた場合も、俺では対処方法がないんだよ。

今回の場合、以前サイクロプスやミノタウロスに使った封印術式が使えなかったので、俺オリジナルの空間断絶結界陣《マジック・ジャイル》を使って異空間に封じることに成功。

この術式にも欠点があって、研究中の魔術ゆえに魔力消費量が果てしなく高くてさ。

急激な魔力欠乏で意識が消えたかと思ったら、気がつくとどこかの医務室だったよ。

「あら、気がついたみたいね。気分はいかがかしら?」

声がする方に頭を傾けると、青いドクターコートを着た女性が立っている。

「可もなく不可もなく……魔力酔いなので、一定値の魔力が回復すると治ります。ありがとうございます」

「ふぅん。あの子たちの言っていたとおりなのね。魔力酔いって言われても、私たちにはわからないことなのでね。『ベッドに横になっていれば、いずれ魔力が回復したら目を覚ましますので』って話していたけれど、本当にそうなのね」

「あ~、あの子たちって新山さんたちか。さすが、よくわかっているなぁ」

——ガバッ
ゆっくりと体を起こすと、ドクターが体に装着されていたバイタルセンサーのモニタリング用電極を外してくれた。

「お世話になりました」

「いえいえ、こちらもいいデータが取れたので助かりましたわ。魔術師のバイタルデータって、こういうときしか調べることができませんからね」

「へぇ……」

まあ、ベッドを借りれたので文句は言わない。

血液や細胞片を調べてところで、魔術師と人間の違いなんて……あれ?

俺、人間の体じゃないような?

種族が『人間(亜神)』だったけれど、同じだよな? 多分。

あの百道烈士《くどれっし》との戦いのときも、肉体を完全に失って無からの再生とかじゃないから。

魂の再生だけだから、体は変化ないよな?

「あら……突然、無口になったけど。なにかあったのかしら?」

「いえ、俺のデータでよければ、研究の役に立ててください。それでは!!」

——ヒョイ
ベッドから降りて病衣から着替えると、部屋の外へと向かう。

ちょうど正面の部屋から新山さんたちが出てきたので、軽く右手を挙げてひと言だけ。

「いやぁ、ただいま‼」

「ほら、やっぱり無事じゃない。新山さんは心配しすぎなのよ」

「いいえ、安心できません‼　診断《ディアグノーシス》、乙葉君のバイタルチェックをお願いします。もう隅々まで行っちゃってください‼」

おっと、新山さんが俺に魔法を掛けてくれたよ。

そして俺には見えないなにかを見つめながら、新山さんがウンウンとうなずいてホッとしている。

多分だけれど、ステータス画面のようなものが見えていて、そこに色々と表示されているんだろうなぁ。以前は頭の中に浮かんでいたらしいけれど、新山さんも強くなっているっていう証拠だよ。

「ふぅ……よかった、特におかしいところはありませんよ。急激な魔力消費で魔障中毒を引き起こす可能性もあるので、ちょっと心配だったのですけれど……なんともありませんでした」

「それなら俺自身もすぐに気がつくって。まあ、心配かけてすまないね」

そう告げながら、そっと新山さんの頬に手を伸ばして。

「い、いいえ、無事でよかっ『ゴホン』はわわ」

俺たちを見て、先輩が咳払いひとつ。

イチャコラ禁止ですね、わかります。

そもそも、イチャコラしたことないんだけどさぁ……ないよね？

今のだって、お礼の頭ポンポンにつなげる予定だったんだけれど、最近は頭ポンポンするだけでも、『リア充爆発しろ』って叫ぶクラスメイトもいるからさ。たまにはいいじゃん。

「さてと。乙葉くんが半日ほど眠っていたので、アメリカ合宿の残り日程はあと一日だけですけど、どうしますか？」

「ファッ‼」

慌てて近くの窓に向かい、外を見る。

朝日がゆっくりと昇りはじめ、ニューヨークが目を覚ます。

「綺麗な朝日だなぁ……じゃないわ‼これはどうしたものかなぁ」

「ニューヨークの活性転位門はとりあえず封印したのですよね？　この調子でサンフランシスコの封印もしてしまうというのは？」

「ちょっと待って先輩。あっちの転移門の活性度合いを見てみないと、さすがに即時封印可能かどうかなんてわからないですよ。それに移動だけで半日はかかりますからね」

単純計算で、ニューヨークからサンフランシスコまで距離にして約五千キロはある。

移動手段も色々と考える必要もあるからなぁと、瀬川先輩をチラリと見ると。

すでに深淵《アーカイブ》の書庫を発動して、色々と調べている真っ最中。

「そうですねぇ。航空機でも約七時間、陸路を車でとなると、大体二日近くかかりますね。まあ、魔法の箒《ほうき》で飛べば、二時間ぐらいで着くことは可能ですけれど？」

「やっぱり魔法はチートだよなぁ。それで移動したとして、土地勘のないサンフランシスコで情報が一切ない水晶柱の場所を探して……例の黒龍会とかいう魔族の集団とやりあう可能性も考えたら、時間は足りなすぎるよなぁ」

「かといって、放置しておくこともできないですよね……ここは、ヘキサグラムの方々にも情報共有して、お任せした方がいいと思いますよ？」

「新山さんの言うとおりよ。なにもかも、自分たちだけで終わらせようって背負う必要はないと思いますわ」

まあ、それについては同意するよ。

なんでも背負ってしまうのは、俺の性格だからなぁ。

それに、魔術師になってから、色々と面倒なことが俺の近くに引き寄せられてくるような気もするんだよ。

そう腕を組んで考えていると。

——ポン‼

新山さんが、両手を合わせてニコニコしている。

これはなにか妙案を思いついたんだろう。

「そうだ、乙葉くんが作った魔法の鍵があったわね？　あれで水晶柱に扉を作って、ニューヨークからサンフランシスコまで移動すればいいんじゃない？」

「新山さんのいうとおりね。サンフランシスコ・ターミナルは水晶柱の近くに存在する……ナイスですわ。それで乙葉くん？」

「それだ‼」

【魔導鍵】の効果の一つで、水晶柱同士を繋ぐ扉が作れるのをすっかり忘れていたわ。

以前もそれで、札幌とアメリカのメサを繋いだこともあったよな。

そうと決まれば、善は急げ。

——ブゥン
空間収納《チェスト》から魔導鍵を取り出し、魔力を込めて活性化する。

すると、長さ三十センチほどの銀色の鍵に変化した。

「それじゃあ、早速向かうと『グゥぅゥウウゥウゥ』、朝食食べてからでいい？」

腹の虫は正直です。

いくら気合が入っていても、まずは腹ごしらえをしろと叫んでいます。

「そうね。それじゃあその間に、私の方から築地くんにも連絡をしておきますわ。向こうの動向も確認したいですし、計算ではすでにバミューダ諸島から海に出ている頃でしょうから」

「はいっ‼私は本場のハンバーガーが食べたいです！」

ということで話し合いは完了。

俺たちはマクレーン主任にお礼がてら挨拶に向かうと、そのままニューヨークの街中に出かけることにした。


………

……

…

さて。

腹ごしらえも終わったので、速攻でニューヨークの転移門の封印作業に向かうことにした。

水晶柱の近くにあるのなら、到着してすぐにゴーグルで高魔力反応を調べれば探し出すのは難しくはないはず。

ただ、気をつけないとならないのは、水晶柱を監視していると思われる魔族の存在。

だから、今回は電撃作戦で一気にカタをつけようかと思っている。

ということなのでマクレーン主任に事情を説明して、俺たちは再びリバティ島にやってきた。

そして水晶柱の収めてある倉庫に入ると、いよいよ作戦開始となる。

「万が一のときのために、我々はここで待機している。危険を感じたら、すぐに逃げてきてくれ」

マクレーン主任の背後には、十二名の『機械化兵士《エクスマキナ》』が待機している。

全員が戦闘用スーツを身につけ、銃器を構えていた。

「それじゃあ、あとはよろしくお願いします」

「では、いってきます」

「緊急時には、ノーブル・ワンにコールをお願いします。そこで私の知り合いの魔族が待機していますので」

それだけを告げて、早速鍵を用意する。

俺が手の中に鍵を作り出すのをみても、機械化兵士《エクスマキナ》たちは眉一つ動かすことない。

このあたり、さすがは訓練された兵士だよね。

この程度で動揺しているようでは、対妖魔戦は務まらないからね。

――ブゥン……ガキッ
鍵を水晶柱に突き刺し、ゆっくりと捻《ひね》る。

すると妖魔特区でもよくみた扉が水晶柱の前にあらわれたので、俺は鍵を抜いてノブを回して……。

――ゴゥゥウゥウゥッ‼

扉が開いたのと同時に、炎の玉が飛来してきた‼

「そう来るだろうって、予測はしていたよ‼」

――ブゥン
右手に魔力中和フィールドを纏《まと》わせると、それを炎の玉目掛けて素早く振り抜く。

すると、俺の手に触れた炎の玉が右にそれつつ消滅した。

その直後、扉の向こうから人外の姿をした魔族が飛び出してきた‼

「深淵の書庫《アーカイブ》、展開‼」

「神の名において……魔よ、退きなさい‼」

瀬川先輩が深淵の書庫《アーカイブ》で結界を作り出し、新山さんが神聖魔法で対魔族用シールドを発動する。

その後ろにマクレーン主任が隠れたのと、機械化兵士《エクスマキナ》たちが最前線に飛び出したのは、ほぼ同時。

「魔族との実践など、なかなか体験できるものではないからな‼」

両手に魔導ギミックを搭載した機械化兵士《エクスマキナ》が、魔族の頭めがけて右ストレートからのボディブロー。

その瞬間に、殴られた魔族の頭部と胴体が吹き飛び霧散化していく。

別の兵士は対妖魔用のサブマシンガンを斉射、近寄らせないように必死に銃撃をはじめている。

「ミスティック・コレダァァァァァァ‼」

さらに右腕だけが機械化した兵士は、魔族の頭を掴んだ瞬間に絶叫‼

その瞬間に魔族の全身に『擬似浄化術式』が雷撃のように走り、魔族が黒焦げになって散りはじめた。

「お、おおう……これが機械化兵士《エクスマキナ》のガチ戦闘ですか」

俺の役割は新山さんと先輩の元に魔族が近寄らないようにすること。

そして、扉の監視も忘れずに……って、来たぁ‼

――ドッゴォォォォォン
扉から飛んできたのは、高出力エネルギーの塊。

体内妖気を圧縮して飛ばしてきた、いつぞやの百道烈士《くどれっし》が使っていた『妖魔砲』とかいうやつ。

なんでも、高位魔族は普通に使えるらしいとクリムゾンさんが教えてくれたんだけどさ、それが使える相手が向こうにいるってことだよな。

――メキメキメキッ
「十二式・大地の壁《アースウォール》結界術式バージョン‼」

セフィロトの杖を構えての高速詠唱。

それで足元に広がる床材……金属板を盾のように持ち上げて妖魔砲を受け止め、弾き返した‼

だが、扉に向かって反射して飛んでいった妖魔砲の塊は、扉の向こうに消えることなく消滅。あの出力だと、さすがに完全に反射することはできないよなぁ。

「……私の攻撃を止められる……か。現代の魔術師、そこにいるな‼」

「応さ‼問われたから答えてやるよ、ここにいるともさ‼」

「それなら都合がいい、貴様の魔力を贄《にえ》にしてやるわ！」

扉の向こうに立つ騎士。

全身鎧にシールドといういで立ちの妖魔が、剣を構えて俺に向かって走ってくる。

「乙葉くん、それは魔力形成された『動く盾』です‼本物は姿を消しています‼」

「光の弓っっっ」

先輩の叫びと同時に、新山さんが神聖魔法の『光の弓』を構えて射出する。

それは俺に向かって走ってくる『動く盾』と呼ばれた騎士を無視して、その斜め後方の空間に突き刺さる。
・――ドシュッ
なにもない空間に光の矢が突き刺さった瞬間、そこから青い血がポトポトと流れ落ちてきた。

「貴様ら、なぜ私がここにいると見破った‼」

「深淵の書庫《アーカイブ》に見えないものはありません‼」

左肩に矢が突き刺さった老紳士が姿を現し、新山さんに向かって叫ぶ。

なるほど、新山さんは先輩の指示を念話で受けて、そこに向かって攻撃したのですね‼そう分析しながらも、俺は走って老紳士に向かう。

「そこの鎧、どけぇぇぇぇ‼」

走りながら左手に魔導書を呼び出し、そして全力のカウンター攻撃‼

「十式・力の矢《フォースアロー》っっっ」

――ドッゴォォォォォン
高威力の力の矢《フォースアロー》を受けて、鎧が後方に吹き飛び分解する。

さらに俺は間合いを詰めていくが、老紳士は転移門の向こうに飛び込み右手を奮う。

その瞬間、先ほどまで開いていた転移門が閉じ、しかもガチャッと鍵がかかる音が響いた。

「逃がすわけないだろうが‼」

俺も右手に鍵を作り出し、再度、水晶柱に向かって突き刺すんだけど。

――ガギッ、ガギッ
鍵が回らない。

「くっそ、鍵を変えられたのか？　そんな馬鹿なことあるのか？」

鍵自体に魔力を込めても、鍵が回らない。

「乙葉くん、扉よりも妖魔の迎撃を‼」

「了解っっっ」

先輩の指示があったので、頭を切り替えて形勢不利な機械化兵士《エクスマキナ》の援護に向かう。

厄介《やっかい》なことに、この戦闘で倉庫の外壁も破壊されてしまい、水晶柱が外に剥き出しになってしまっている。

幸いにも、付近にいた観光客は待機していたヘキサグラムの別働隊が避難誘導したらしく、難を逃れたんだけど。

この一件で、水晶柱の存在は完全に露見してしまったよなぁ。

そして戦闘が始まってから一時間ほど経過し。

どうにか転移門から飛び出してきた敵妖魔の殲滅《せんめつ》は完了。

なお、封印数はゼロ、魔人核破壊による浄化は八体。

残り二十六体は霧散化させてしまったらしく、このニューヨークに手負いの妖魔を放ってしまうという、最悪な結果となってしまった……。

訥言敏行？　二難さったら三難目がきた！（高額バイトなんですが、無理っす）

リバティ島の水晶柱での戦闘から一時間後。

俺と新山さん、瀬川先輩はニューヨークのヘキサグラム本部に来ていますが。

いや、あの機械化兵士《エクスマキナ》や機械化妖魔《エボル・ミスティカ》の研究施設じゃなく本部？

なじぇ？

リバティ島にはヘキサグラムの調査部隊と護衛の機械化兵士《エクスマキナ》が数名待機していたので、俺たちは迎えにきたヘリに乗って移動。

移動した先は、ワシントンD．C．のセオドア・ルーズベルト島。

大きな建物などなにもない自然豊かな島なんだけど、俺たちが乗ってきたヘリがルーズベルト島上空に差しかかったとき、風景がガラリと変わった。

島の中心に聳《そび》える巨大なタワー。

高さは百メートルほど、その表面は石造りの荘厳な雰囲気を纏っていた。

「はぁ。ヘキサグラム本部の場所を深淵《アーカイブ》の書庫で調べても、常にアンノウンな理由がわかりましたわ」

「太古に作られた、異世界の魔族の遺産。それがヘキサグラム・タワーです。これを作り出したのは、かつての魔人王に仕える八魔将だそうで、このタワーも『ジェネラル・オブ・ヘキサグラムタワー』と呼ばれていたらしいですね」

マクレーン主任が説明してくれるんだけどさ。

八魔将って言われた時点で、頭の中には羅睺さんや計都姫の姿が浮かび上がる。

ヘキサグラムって、確か星型六角形のことだよね？

セクションが六つあるからヘキサグラムという名前だと、キャサリンから説明を受けたことがあるような。でも、八魔将が作ったのなら八角形、オクタゴンとかオクタグラムでもいいんじゃないかなぁって思うけれど。

「つまり、このタワーがヘキサグラムの始まりで、この名前からとったということですか？」

「ええ。当初は名前のとおり六つのセクションによって構成されていましたけれど、現在は八つのセクションによって構成されています」

そう告げてから、マクレーン主任が指を折りつつ説明してくれる。


『妖魔生態部門』

『対妖魔兵装研究部門』

『エネルギー研究所』

『医薬品開発部門』

『魔術研究所』

『対妖魔機動部隊』

『対妖魔魔導部隊』

『統括管理部門』


以前よりも『対妖魔魔導部隊』が増え、さらにすべてを統括する『統括管理部門』が追加されている。うん、キャサリンやマックスは、対妖魔魔導部隊所属ということか。

「成程。そのうちの一つが、乙葉くんのご両親がいたセクション・ワンなのですね？」

「御明察です。プロフェッサー・乙葉のおかげで、かなり研究が進んだといわれています。日本にもヘキサグラムの支部を作る予定でして、そこの社長にはプロフェッサー・乙葉が就任する予定なのですよ？」

「マジかよ」

親父から前にも聞いたことあるけど、ほぼ確定事項なのか。

そんな話をしているとヘリポートに到着したので、俺たちは出迎えてくれた女性に挨拶すると、そのまま所長の待つ部屋へと案内された。

…………

……

…

ヘキサグラム本部責任者の名前は、アナスタシア・モーガン。

世界最強の対妖魔迎撃機関のトップが、俺たちの目の前に座っている。

俺が彼女に感じた第一印象は、『切れる女性』。

ふわっとしたブロンドヘアーといい、グラビアモデルのようなスタイルを清楚なスーツに包んでいる姿といい。

アメリカのビジネスマンというか、うん、女性管理職っていう言葉がふさわしい。

まあ、親父は会ったことがあるだろうし、この女性にスカウトされたんだろうなぁと思っていたらさ。

いきなり、モーガンさんが開口一番。

「ええ。プロフェッサー・オトハは私がスカウトしましたわ。それにあなたの母とも何度かお会いしたことがあります。お二人は元気ですか?」

「え、あ、はい……あの」

まさか、心を読まれた?

そういう能力なのか?

「そうですね。先に説明しておきますが、私は半魔人血種です。父が魔族だったらしく、人の心を読む力を持っています。残念なことに、それを制御できないため、私は自分の近くにいる人々の心の声が、すべて聞こえてしまいますので」

事務的に説明をしてくれるモーガンさん。

なるほど、そういう理由ならば、その能力も怪しまれることはありませんよね。

ということで、魔力を体の周囲に張り巡らしつつ、魔術中和術式を身に纏う。

そして天啓眼《てんけいがん》でモーガンさんを見直すけど、やっぱり予想どおりだったよ。

『ピッ……アナスタシア・モーガン。元、初代魔人王八魔将第一位、正式名称は公爵級魔族、大魔導士モルガン・ル・フェイ』

なるほどねぇ、半魔人血種ということにしておけば怪しまれない……と。

これは俺の心の中に仕舞っておこうと思ったら、またしてもアナスタシアさんがこっちを見てにっこりとほほ笑んでいる。怖いわっ。

しかし……このタワーって古代の魔族が残した遺産でしょ？

それを人間が発見したところで、使いこなすだけの魔力はないからさぁ。

そもそも、この場所自体が『空間結界内部』に存在している……いや、外の自然の風景自体が、人間でも出入り可能な空間結界の内部なんだよ。

つまり、ヘキサグラム・タワーが外界に存在していて、ルーズベルト島の自然は結界内部に作り出された存在ということ。

でも、結界内部を誰でも自由に出入りできるようにしているのは、正直凄いと思う。

まったく抵抗もなく、自然体で結界を越えて森の中に入れるなんて、その森を保ち続けられるなんて常識を超えた魔力が必要だと思うんだけどなぁ。

「……さすがは、ヘキサグラム・タワーってところですか？」

そう問いかけてしまったけど、モーガンさんはにっこりと。

「あなたこそ、さすがは現代の魔術師ね。すべて見通したのかしら？」

「どこまでがすべてかは知りませんけどね。ある程度は理解しましたけど、心の中にしまっておきますよ」

「賢明な判断を、ありがとう。さて、本題に入らせてもらいます」

モーガンさんが事務的な表情に変わり、声のトーンもひとつ下がる。

「このたびのニューヨーク州水晶柱付近の活性転移門の除去《リムーブ》および水晶柱から侵攻してきた魔族を止めてくれたことに、感謝します」

そう告げてから立ち上がり、丁寧に頭を下げられる。

これには俺たちも驚いたけど、素直に言葉を受け取ることにした。

「まあ、やれる事をやっただけですし」

「私たちは乙葉くんのサポートがメインでしたので」

「ええ。普段と同じ事をしているだけですわ」

「いえいえ、普段から対魔族戦闘を繰り返しているヘキサグラムの隊員でも、あれだけの状況判断と実戦経験を積んでいるものはなかなかいません」

まあね。

そこについてはベテランですからと自負していますよ。

「向こうから勝手に来るだけですから。飛んできた火の粉を払うだけ、俺は進んで攻撃に出るようなことはあまりしたくありませんから」

「さすがは日本人ねぇ。可能な限りは専守防衛ですか。そのあなたを見込んで、お願いがあるのですが」

「今日の夕方には、俺たちは日本に戻ります。それまでに終わる用事であれば、かまいませんけど？」

先に釘を刺す。

なんだか、無茶なお願いをされそうな気がしたからね。

「アメリカ各地の水晶柱。その近辺で、魔族による誘拐事件が発生しています。各地の調査員《エージェント》からの報告ですので、ほぼ間違いありませんが……被害者も加害者も、魔族です」

淡々と説明してくれる。

被害者も加害者も魔族かぁ。

セレナさんのお母さんのようなパターンなんだろうなぁ。

つまり、動いているのはマグナムの部下たちだと考えていいだろう。

「ということは、背後で動いているのはマグナムの部下ですか。しかし、なにを企んでいることやら」

「魔族である同胞の魔力を活性転移門に吸収させて、強制的に門を開くのでしょう。ニューヨーク支部のネスバースの残したレポートにも、活性転移門についての報告が記されていました。その中にも、『魔力を吸収させることにより、活性化した門は開く可能性がある』と記してあったそうです」

「それはまた、なんてはた迷惑な。まあ、それはそっちで頑張ってください。俺たちの干渉するレベルをとっくに超えていますので」

そう告げると、モーガンさんは人差し指を立てて見せる。

「一週間だけ、助力をお願いします。その間の滞在費用、渡航費用はすべてこちらで持ちます。さらに日当として、一日につき一万ドルお支払いします」

「……え？」

ここにきて仕事の依頼？

しかも一日一万ドルかよ。

さすがに高額すぎると思うけど、俺たちになにをさせようっていうんだよ。

「乙葉くんが動揺しているようですので、私が代わりにお話を聞きますわ」

おっと、俺の動揺を見抜いた先輩が前に出た。

「あなたは？」

「はじめまして、ミス・モーガン。私は瀬川雅と申します。乙葉くんの高校の先輩で、彼らの情報処理担当をおこなっています」

「あなたが、魔導処理術式を使うミス・ミヤビさんですか。ということは、そちらの女性は聖女コハルで間違いはないのですよね？」

おっと、飛び火した。

「はい。癒しの聖女を務める、新山小春と申します」

「では、三人に仕事の依頼をします。依頼内容は、ニューヨーク以外の水晶柱の調査、そして活性転移門が存在した場合は、それらの除去作業をお願いします」

つまり、ニューヨークで行ったことを、別の場所でもやれというのか。

「そのニューヨーク以外の調査と除去《リムーブ》には、サンフランシスコ・ゲートも含まれるのですよね？　時間的にもこちらをすぐに出て、サンフランシスコに向かって調査する時間になるかと思いますが」

「察しがよくて助かります。先程、リバティ島での戦闘レポートを確認しました。残念なことに、中級魔族程度ならば機械化兵士《エクスマキナ》で対応可能ですが、上級魔族が相手となりますと、機械化兵士《エクスマキナ》ではかなり不利な部分があります」

うわ、やっぱり話の中心はそこにくるのか。

でもさ、サンフランシスコってことは、黒龍会との全面対決になるんだけど。

そこに俺たち三人？

到底不可能じゃないかよ。

「……残念ですけど、お話になりません。いくら乙葉くんが現代の魔術師であり強大な魔術を使えるとしても、黒龍会という一つの魔族組織を相手に戦えるとは思っていません。ヘキサグラム本部なら、黒龍会の情報は使っているかと思われますが」

「そうですわね。魔族の支配する貿易会社、すでに調査員《エージェント》から報告は受けています。当然ですが、こちらからは機械化兵士《エクスマキナ》も戦力として投入します。とにかく、このアメリカにかつてない危機が訪れようとしているのは事実です。活性転移門が開放された場合、どれだけ多くの市民に犠牲者が出るのか、それこそ予測がつかないのですから」

白桃姫や祐太郎がいたなら、まだ対応は可能だったかもしれないけどさぁ。

頼みの綱でもあったクリムゾンさんは、ボルチモアのノーブル・ワンでセレナさんやフラットさんの護衛をしているので身動きが取れない。

ミラージュについては戦闘員でもなんでもないので除外、その友達のテスタタスも同じく除外。

こうなると、実質動けるのは俺たちだけじゃないかよ。

「一つ教えてください。サンフランシスコ方面には機械化兵士《エクスマキナ》は配備されていないのですか？　それにアメリカ軍と連携して調査を行えばよろしいのではないですか？　ヘキサグラムの対妖魔兵装なら、中級魔族程度にも十分に対抗できるはずですが」

いつになく、淡々と切り返す先輩。

心なしか、怒っているようにも感じる。

「たしかにヘキサグラムにも、対妖魔兵装は存在します。ですが、以前に乙葉くんが用意したような、大量のミスリルブレードはありません。私たちが使用している対妖魔兵装は、『儀礼済み浄化銀』を用いた、擬似ミスリル鋼によって作られています。ですが、魔力伝導率が弱く、さらに長時間の稼働には莫大なエネルギーを必要とし、使いこなす側の疲労も尋常ではありません」

それを使いこなせるのが機械化兵士《エクスマキナ》であり、彼らの持つ兵装を海兵隊が使えるか実験した際、十分そこらで魔力が枯渇し大半の兵士が意識を失ってしまったらしい。

「機械化妖魔《エボル・ミスティカ》は？　彼らもまた、戦闘用に調整されていますよね？」

「まだ完全成功例は一体しか存在しない。それ以外は調整不十分で、外部に出すには危険すぎる」

「ふう……これ以上の話は平行線になりそうですわ。私たちは日本に戻ります。むしろ、日本でやらないとならないことがあるようですので」

ふと気がついたんだけど、先輩の眼鏡、今は深淵の書庫《アーカイブ》が発動している。

いつもの立体球形結界じゃなく、眼鏡のレンズを通してデータを受け取るだけのタイプ。

そう思って、ちらっと瀬川先輩の方を見ていると。

（乙葉くん、新山さん、聞こえますか？　永田町の国会議事堂前水晶柱、その横にも活性転移門が発生したようですわ）

突然、先輩からの念話が届く。

それを悟られないように、努めて平然とした態度でモーガンさんの反応を観察しているんだけれどさ。その状況ってかなりまずくないか？　まずいよな？

つまりは全世界規模で、転移門が姿をあらわしたってことになるよな？

「そうですか……それは残念です。まあ、今回は諦めるとしますけど、もしも気が変わったら連絡していただけると助かります」

「そうですね。まあ、万が一の場合、最悪の事態が発生する前に連絡をしていただけますと、こちらとしても動けるかと思いますわ。今は日本の転移門の処理を優先させてもらいますので」

まずは日本のことを優先的に処理したい。

アメリカはほら、ヘキサグラムがあるし機械化兵士《エクスマキナ》だっているじゃないか。

日本はあれだろ？

困ったときの第六課と特戦自衛隊だろ？

特に特戦自衛隊は市民へのアピールを優先して、なにもできない可能性が高いだろう？

それならとっとと戻って、俺たちが処理した方が安全だろう？

まったく、ここにきて忙しくなってきたよ……。

窮猿投林！ 煮ても焼いても食えないわぁ！（伯爵級妖魔の実力）

——プップップッ
ヘキサグラム・ニューヨーク本部での会談？を終えてから。

日本に戻る前に祐太郎の様子を確認したかったのだけど、いまだに連絡が取れない。

国際電話でもダメ、ルーンブレスレットの念話機能でもダメ。

あらかじめ沙那さんから聞いていた、有馬博士特製魔導ホバークラフトに備え付けてある衛星通信でもダメ。

こうなると、祐太郎たちになにかが起きた可能性を考えるしかない。

「……駄目ね。さすがの深淵の書庫《アーカイブ》でも、端末の存在しない場所のサーチは不可能ですわ」

「衛星を使って、魔導ホバークラフトのカメラをハッキングするのも不可能ですか。そうなると、祐太郎たちになにか起きたと考えるのがいいですよね」

「でも、あっちには白桃姫さんもいますし、沙那さんもりなちゃんもいます。なにかあっても、切り抜けられると思います……って、そう信じるしかないです」

バミューダ諸島に到着したかどうか、それについては瀬川先輩がバミューダ諸島の入管局からデータを探し出し、無事に到着したところまでは確認できた。

問題はそのあと、そこで消息が途絶えてしまっている。

「ふぅ……キャッスル湾から出た形跡はありましたので、すでにバミューダ・トライアングルにたどり着いたのか、もしくは冥王の元に到着したのか……いずれにしても、ここではこれ以上、なにもできなくなりましたわ」

「そうですか……まあ、祐太郎のことだから問題はないと思う……って、考えるとするか。俺は日本に戻ったら、晋太郎おじさんに詳細を説明しますよ」

「私たちも同行しますわ。一人よりも、みんなで事情を説明すれば、おじさんも理解していただけると思いますから」

そうだよな。

本当に心配だけどさ、今はそうするしかないよなぁ。


……………

……

…


祐太郎への連絡を断念して、俺たちはヘリでボルチモアへと移動。

そこでセレナさんたちと合流したのち、ボルチモア国際空港から日本へと帰国することにした。

フラットさんはノーブル・ワンでの滞在許可が出たらしく、俺たちが借りていた家にそのまま残ることになったし、クリムゾンさんもしばらく同居することになったので警備も問題はない。

それに、なにかあった場合はミラージュとテスタスからも連絡がくることになったから、ボルチモア方面の心配は無くなった。

かくして、アメリカでの強化合宿は無事に幕を閉じ、俺たち四人は、晴れて日本に帰ってきた……。

来たんだけどなぁ。

あまり会いたくない人たちが、お出迎えしてくれたよ。

「連絡は受けていたわよ。さあ、とりあえずは見てもらいたいものがあるのよ」

「第六課ではなく、まずは防衛省に来てもらいたい。話はそこで行う。君も魔術師ならば、己の責務を果たしてもらいたい」

羽田で俺たちを待っていたのは、防衛省幹部と井川巡査部長でした。

井川さんはいい、お迎えありがとうとお礼を言える。

でも、そこの防衛省幹部、名前を挙げるなら川端政務次官‼

しばらく見なかったけど、また俺たちにちょっかいをかける気なのかよ。

「乙葉くんたちの担当は『内閣府』と先日の委員会で決議しましたわよね？　どうして防衛省のお役人さんがここにいるのですか？」

「第六課の役人程度に、彼らの指揮をまともに執れるはずがないだろうが。今回の不確定巨大門の対応は防衛省の管轄だろうが‼」

おおう。

入国ゲートの外では見事な喧嘩が始まっていますが、ここは井川さんに話を聞くことにしましょうか。

「そんじゃ、まずは顔見知りということで井川さん。まさかとは思いますが、国会議事堂にも活性転移門があらわれたでファイナルアンサー？」

知ってはいるけれど、一応確認ということでたずねてみる。

「ええ。国会議事堂にも、っていうことは、アメリカにもあれがあらわれていたのね。この日本だけでなく、世界各地の水晶柱のそばに、あの札幌にあらわれた巨大転移門のようなものが出現したのよ」

「それを君たちに破壊してもらいたい。一度経験しているのなら、簡単なことだろう‼」

はい、確認完了です、状況は悪い方に傾いていました。

まあ、簡単なことっていうのなら、あんたらがやってくれよとは思うけれど。

それができないからこっちに話を振ってきたのも理解できるからなぁ。

だけどさ、あの空間断絶結界陣《マジック・ジャイル》を使うのに、俺の魔力のほとんど持っていかれるんだよ？

それも魔障中毒を起こすかもしれない覚悟で。

「まあ、川端政務次官にわかりやすく説明すると、無理っす。あのときに使用した魔導具がありません、はい！おしまい」

「ふざけるな‼その程度ならこちらで用意する」

「へぇ、それじゃあ封印杖を一振り、用意してもらえますか？それができるなら封印しますよ」

「上等だ‼よし、戻るぞ！」

お、啖呵《たんか》を切って防衛省の方々は撤退。

しっかし、封印杖なんてそんなに簡単に手に入るものなのかねぇ。

もしも入手してくれたら、錬金術で解析して量産するっていうのもありだよなぁ。

ということで、川端政務次官もいなくなったことだし、ようやく井川さんと話ができる。

「では、とりあえずは現地に向かいましょう。その道すがら、井川巡査部長にお話を聞くということで」

「かまわないわよ。車ならこっちに止めてあるので、ついてきてくれるかしら？」

「いえいえ、私たちはちゃんと移動手段を持っていますので」

瀬川先輩の話の直後、俺たちはターミナルビルを後にする。

そのあと？

俺は魔法の絨毯を取り出して、井川巡査部長とタンデム。

セレナさんは新山さんと一緒で、真っ直ぐに永田町まで向かうことになった。

○○○○○

いやぁ。

やっぱり人目を引きますね。

一般公道を飛行する魔法の絨毯と魔法の箒。

俺たちの前後の車の中で、動画を撮っている姿がよく見えるわ。

それでも俺は慣れたもので、気にせずに国会議事堂へと飛んできた。

――ガシィィイン
正門はしっかりと閉じられており、『KEEPOUT』と書かれた、黄色と黒の縞々テープが張り巡らされている。

警備もかなり厳重で、特戦自衛隊の車両が数台止まっているし、ボディアーマーを装着した自衛官があちこちでシールドを構えて待機している。

いや、ここまで厳重だと、何事かと思ってしまうよね。

そして、その正門の前では、報告を受けたらしい築地晋太郎おじさんも待っていたよ。

「おお、乙葉くん、ようやく帰ってきたか……うちの祐太郎は？」

「その件はのちほど。まだ祐太郎は海外です。それよりも中に入りたいのですが」

「うむ」

すぐさま正門が開き、中に案内される。

あのフェルデナント聖王国との戦闘のとき、後から出現した水晶柱は俺が破壊したんだけどさ。

最初に出現したやつは、魔力放出術式を刻み込んだまま放置されているらしい。

今じゃ観光名所の一つになっているようだけど、その水晶柱の真正面にニューヨークで見た活性転移門が出現していて、俺たちを睨みつけているんだよ。

うん、比喩じゃないよ、門の真ん中に目玉があらわれていて、俺たちを睨みつけているんだわ。

――シュルルルッ
そしていきなり、俺に向かって触手を伸ばしてくるんだが、当然ながら力の盾《フォースシールド》でがっちりとガード。

すぐさま数歩下がってから、並列思考スタンバイ。

「魔導執事に命ずる、力の盾《フォースシールド》で自動防御、スタート‼」

――ピッ
ルーンブレスレットが淡く輝く。

すると、触手の攻撃に対して、力の盾《フォースシールド》が自動展開した。

後方ではすでに瀬川先輩と新山さんも守りの態勢に入り、晋太郎おじさんと井川さんを守っている。

「ニューヨークの活性転移門の活性度合いとの比較ですけれど、こちらの転移門は自我を確立しはじめていますわね」

「なんでまた、こんなに活性化が進んでいるんだよ。なにか？　餌でも豊富にあったのか？」

そう考えたとき、ふと、この場所が国会議事堂であることに気がついた。

そして先輩も気づいたらしく、晋太郎おじさんに質問をしている。

「単刀直入におたずねします。何人、飲み込まれましたか？」

「いや、その……衆参両議員合わせて十五名。すべて、乙葉君から貰ったリストに載っていた魔族議員じゃよ」

「だそうよ。乙葉くん、対応できる？」

情報ありがとう‼

「魔族議員……小澤とかは無事だったのかなぁ。こんなものが出現したら、真っ先に様子を見にきて取り込まれるパターンだよな」

――ガシュッ
センサーゴーグルを装着し、魔導紳士モードに換装。

相手の強さは上級妖魔クラスだから、フィフス・エレメントとセフィロトの杖もしっかりと装備。

「天啓眼《てんけいがん》っ‼」

『ピッ……活性転移門。本来なら開くはずのない座標軸に偶然発生した存在。水晶柱から送り込まれる自然発生魔素を吸収して活性化している。また、贄として魔族を取り込むことでも活性化は進む……現在取り込んだ魔族数は十八体、付近の水晶柱蓄積魔力十二万五千八百も取り込んでいるため、現在の活性度合いは十二万六千五百四十八マギパスカル』

うん、魔族議員以外にも、とおりすがりの魔族も食われている模様。

ニューヨーク型と同じ表示なんだけどさ、さらに追加事項が増えているんだよ。

『ピッ……活性転移門の制作者は、伯爵級魔族ブルーナ・デュラッへ。活性転移門は、彼が水晶転送術式により水

晶柱の近くに送り出した『魔素萌芽種』から再生した生体魔導具。付近の水晶柱とリンクし、魔素を吸収。その後成長を続けることにより、魔族型転移門に近い能力を身につける……』

　ぐはっ、洒落にならない。

　この前の、転移門の向こうにいた魔族が、おそらくはブルーナ・デュラッへなのだろう。姿をしっかりと見ることができたので、追加事項があらわれたということなのか。

　しかも、取り込んだ魔族数はニューヨーク型よりも少ないのに、さらに活性化しているってどういうこと？

『ピッ……日本国・東京都に出現した活性型転移門は、現在十二万六千五百四十八マギパスカルの魔力を吸収。五百万マギパスカルを吸収することで、鏡刻界《ミラーワーズ》へと繋がる【魔界門】へと成長する』

「うわぁ……こいつ、成長して魔界門ってやつになるのかよ。やっぱり危険すぎるわ‼それで、魔界門ってなに？」

『ピッ……転移門の進化系。魔族が用いる大規模儀式型転移門や、乙葉浩介が鍵を用いて開く転移門とは異なる存在。それ以上は情報不足により不明。なお、魔界門については、原初の魔族である魔皇たちならば知っている可能性がある』

　あっちゃあ。天啓眼《てんけいがん》でも解析不可能だったか。

「はぁ。俺の眼でも、解析不可能ですわ」

「そうですか。では、吸収された魔族は無事なのですか？」

「ちょいとお待ち……」

『ピッ……活性型転移門に吸収された魔族は、魔人核を分解されてすべて吸収されるために、再生不可能』

「南無‼」

　思わず両手を合わせてしまったわ。

　そして、その俺の動きで、先輩たちも状況を理解したらしい。

「乙葉くん、その気持ち悪い巨大門は破壊できるのかしら」

「あ〜、井川さん、こいつは活性転移門とか、活性型転移門っていいましてですね、基本的には破壊不可能です。可能なのは封印術式なのですけど、その、封印杖が存在しないので、正攻法じゃ無理っす‼」

そう叫びつつも、触手の範囲から逃げのびる。

どうやら伸ばせる距離も無限じゃないし、触手だけなら破壊可能なんだけどさ。

やっぱり本体は破壊不可能らしいわ。

「それじゃあ、札幌市の転移門を封じた杖があれば」

「あれ、あのときに使ってしまったのでもうないっす」

札幌に出現した大転移門を封じるときに使用した封印杖、今は俺の空間収納《チェスト》の中に死蔵状態で収めてある。

その先に嵌《はま》っている宝珠に大転移門が封じてあるので、これはもう使えないんだよ。

だから、空間収納《チェスト》の中に収めたまま死蔵することにしてある。

そして、俺がニューヨークで行った空間断絶結界陣《マジック・ジャイル》だけど、ここまで活性化していると封印成功率はどれだけかわからない。

なによりも、俺の魔力が足りるかどうかも不明。

この前のやつよりも活性化が進んでいるとなると、どれだけの魔力が必要になるのか、わかったものではないからさ。

「それじゃあ、これはどうなるの？」

「そこの水晶柱は、俺が設置した魔導具で魔素を外部に放出するタイプになってます。そこからも魔素を吸収していってるので、いったん魔導具の術式を書き換えて非放出型に切り替えます。あとはまぁ……定期的に蓄積された魔素を回収すればオッケ？」

最後の方、ちょっと俺でも自信が無い。

けれど、このまま放っておいても水晶柱から放出される魔素を吸収してしまうので、今は速攻で魔導具の術式を書き換えてやるともさ。

ということで魔法の箒に乗って、高速で水晶柱に接近。

そして素早く魔導具を回収してから、離れた場所で術式を変換すると、再び箒に飛び乗って超高速で水晶柱に魔導具を装着。

これで、とりあえずの対処方法は完了なんだけれど、この水晶柱に魔素が蓄積すると、またフェルデナント聖王国が来そうで怖いんだよなぁ。

ま、今は仕方がないか。

「とりま、これでここの活性転移門については、魔族を捕まえて食わない限りはこれ以上の活性は進まないっていう感じだけど」

「それはよかったけれど。ここ以外の水晶柱の近くの活性転移門？　それにも同じ対処をしないと、いずれは門が自然に開くってことよね？　開いた先はどこになるのかしら？」

「まあ、十中八九、鏡刻界《ミラーワーズ》の、それも魔大陸でしょうね。規模こそ小さいけど、確実に大氾濫の可能性がありますが」

俺の説明を聞いて、井川さんも晋太郎おじさんも、顔色が真っ青になる。

だってさ、今以上の対応策が無いんだよ？

俺の魔力が足りるかどうかもわからない上に、この地球上にどれぐらいの水晶柱が出現しているのかなんて知らないからなぁ。

魔導具だって、そんなに大量に作れるわけではないからさ。

「と、とりあえず、今すぐにどうこうということはないのだな？」

「まあ、水晶柱からの魔力転送量によりますけれど。少なくとも水晶柱から送り出される量を計算してみても、転移門が自然に開くまではかなり時間が必要だとは思いますよ」

自然界に存在する魔素量を考えてみてもさ、やっぱり時間的には結構かかると予測。

ただ問題なのは、ここの水晶柱に蓄積されていた魔素が高すぎたこと。

フェルデナント聖王国侵攻のために送り出したものなので、自然発生型ではない。

このまま活性化が進行した場合、さらに周囲のものを捕えて取り込みはじめる可能性だってあった。

それこそ、少ないながらも人間を取り込……んで？

「ええっと。サンフランシスコって、かなりまずくないか？」

「そうですわね。日本が危ないと思って戻ってきましたけど、黒龍会が魔族狩りをはじめたとするのなら、サンフランシスコが魔族の侵攻を受ける可能性だって十分にありえますわね」

「……ヘキサグラムで、どこまで対応可能かなぁ。最悪の場合は連絡が来るだろうから、そのときはすぐにでもサンフランシスコに向かって対応しないとならないよなぁ」

そう考えたんだけど、井川さんが頭を左右に振る。

「まず、乙葉くんたちは日本の転移門の処理をお願いしたいわ。ここ以外にも京都、宮崎、大阪にも水晶柱は発生していますし、その近くに活性転移門が生まれているという報告もあります。なにより、札幌市妖魔特区内の転移門は、かつてない大規模のものが発生していますから」

「なっ‼」

そうだよ。あそここそ一番危険だよ。

こりゃあ、とっとと札幌に戻らないとまずいだろうが。


虎視眈々、箸にも棒にもかけたいです！（予想外って、こういうことを言うんだよなぁ）

永田町・国会議事堂に発生した活性転移門の処理については、今はまだ保留‼

そもそも、空間断絶結界陣《マジック・ジャイル》で封じられないレベルまで活性化している雰囲気があるんだわ。

そういうことなので、急ぎ札幌の妖魔特区に向かって内部を確認しないといけない。

いくら水晶柱に残っていた残存魔素があったとはいえ、普通に魔素の低い場所でここまで活性化しているのなら、閉鎖空間＋魔素充填空間である妖魔特区では、今頃どうなっているのかわかったものじゃないわ！

「俺たちは札幌に戻ります‼このまま警備を厳重にしてください。こいつは魔素、すなわち魔力に反応しますので、魔族議員や普通の一般魔族は近寄らないように警戒を強めてください」

「乙葉くんの見立てでは、このまま魔素を吸収し続けると、ここに魔界門が開くそうです」

俺の説明に新山さんが補足してくれる。

「魔界門？　転移門ではなくて？」

「まあ、規模的には転移門の十倍以上の危険度と思ってくれれば」

「……了解です。ここの管轄は特戦自衛隊なので、天羽総理にも説明しておきます」

「よろしくお願いします。では、失礼します」

急いで魔法の箒に飛び乗ると、そのまま高度を上げて札幌市に向かう。

いつも使っている超高高度での音速を超える飛行、これなら二十分もかからずに札幌に戻ることができるからね。

そして札幌に戻ってきて、真っ直ぐに妖魔特区へ向かったんだけど、だんだんと視界に入ってきた結界に思わず言葉を失ったよ。

「……生き物かよ」

「……深淵の書庫《アーカイブ》の干渉を弾かれました。観測不能ですわ」

「診断《ディアグノーシス》……は、無理みたい。ブレスレットの鑑定も不可能だけど」

妖魔特区を覆《おお》っている虹色に輝いていた対物理障壁結界が、紅と漆黒に滲《にじ》みはじめている。

しかも、その表面には血管のようなものが浮き上がっていて、ときおりドクンドクンと脈打ちはじめているんだわ。

すぐに状況を確認したいので十三丁目ゲートに向かうと、すでに井川巡査部長から連絡を受けていたらしい忍冬師範が数名の退魔官たちと待機していた。

——シュタッ
素早く着地して箒を収納すると、忍冬師範は開口一番。

「これ、どうにかできるか?」

「いや、まずは調査から……って、突然、こうなったのですか?」

「ああ。ここまで酷《ひど》くなったのは先日からだ。それまでも内部で異様な雰囲気が流れていたっていう話は聞いていたが、突然こんな有様になってな。急いで内部の市民を避難誘導していたところだ」

それでか。

近くには第六課の指揮車両のほかに、重装備の特戦自衛隊の姿も見えているし、キャンプ・千歳から来たらしいアメリカ海兵隊と機械化兵士《エクスマキナ》も待機している。

「忍冬さん、ここ以外の状況は、どうなっていますか？」

「大阪も京都も、水晶柱が突然発生したと思ったら、いきなり門が出現した。まだ門の形を形成した程度で被害はないが、やがてこうなるのではと各地の転移門発生区域では周辺住民の避難誘導が行われ、立ち入り禁止区画に指定された」

「怪我人は‼」

「避難時に転倒した市民が多数。好奇心で門に近寄った市民も、突然意識を失ってここに搬送されたところだ」

「ありがとうございます‼私は、被害者の治癒に向かいます‼」

「よろしく頼む」

すぐさま新山さんは、近くで待機している救急車に向かった。

それなら、そちらは新山さんに任せておくとして、問題はこの結界内部だよ。

「先輩はここで情報収集をお願いします。俺は内部の様子を見てきますので」

「わかったわ。でも、ここでは内部の様子を調べるのは無理のようだから、十二丁目セーフティエリア内までは同行しますわ」

「三人、瀬川の護衛につけ」

忍冬師範の指示で、三人の退魔官が先輩の護衛についた。

そしてゲートを越えて十二丁目セーフティエリアに入っていくと、そこはまさに地獄絵図であった。

〇〇〇〇〇

――サンフランシスコ・光海公司ビル
部屋全体に並べられたモニターを眺めつつ、ブルーナ・デュラッへはやや不満げな表情を浮かべている。
「世界各地に送り込んだ魔素萌芽種が芽吹き、魔界門の仔として活性化を開始。周囲の水晶柱が集めた魔素を取り込み、魔界門自体が魔族及び高濃度魔力を持つ存在を取り込み覚醒……ここまでは計画どおりなのに、なぜ、不満そうな顔をしている？」

　ブルーナの座っている位置から離れた窓際では、満足そうに窓の外を見ている不死王《エタニティ》の姿がある。

　不死王《エタニティ》がそうブルーナに問いかけると、ブルーナも頭を軽く振った。

「水晶柱の発生、そこを通して魔素萌芽種を蒔き、魔界門を形成。活性化した魔界門は周囲の魔素を取り込み、再び水晶柱を通してサンフランシスコ・ターミナルへ送り返される……」

「その送り返された魔素は、すべてサンフランシスコ・ゲートに注がれ、この都市を中心とした多次元結界を発生。そして魔界門が開き、マグナムさまがやってくる……どこにも問題はないではないか？」

「魔素が足りないのです。今のままでは、マグナムさまが魔人王となる日に、魔界門が開かないのです」

　本来ならば、ここまで魔界門を開くのに急ぐことはなかった。

　藍明鈴が有馬祈念から魔力炉を奪っていれば、とっくにサンフランシスコの魔界門が開く手筈はついていた。にも関わらず、藍明鈴は失敗、さらには中国の特殊部隊『蛟龍』が雇い入れた馬天佑までもが、魔力炉を狙っていたという報告がある。

（まさか、中国は気づいたのか？　この世界と我々の故郷、鏡刻界《ミラーワーズ》の繋がりについて……もしもそうなら、ファザー・ダークの御神体を狙って動いたのか？）

　ギリッと右親指の爪を噛むブルーナ。

　もしも馬天佑の雇い主の目的が、二つの世界の融合、それによる封印世界の解放だとしたら。

　なんとしても阻止しなくてはならない。

（あの世界……封印大陸についての情報は、魔人王となったものにのみ継承される。マグナムが魔人王になった暁《あかつき》には、俺がマグナムを殺して王印を奪えばいい……。それなのに、どうしてこう、歯車が噛み合わない‼）

　そもそも、ブルーナは単独で水晶柱を通じて鏡刻界《ミラーワーズ》と裏地球《リヴァース》を行き来できる。

　今は魔界門形成のために魔力をそちらへ流す必要があるため、彼の能力では鏡刻界《ミラーワーズ》へ戻ることができない。

　それでも、マグナムの配下が調整した『魔素萌芽種』を使い、擬似転移門を作り出すことは可能となった。

　この転移門は魔素を吸収し成長することにより、対勇者用能力を有する『魔界門』へと覚醒するように作られている。また、転移門を鑑定しても擬似情報として『魔門形成による、転移門の構築』という部分のみが公開されるようにしてある。

その本来の目的である『魔素収集、及び水晶柱を通じてサンフランシスコ・ゲートへ魔素を送り出す』という部分は、読み取ることができなくなっている。

よほどの実力者でない限りは、一度や二度見た程度では、その真偽を暴くことなど不可能であるが。

「不足分の魔素を贖《あがな》うための、贄となる魔族の調達は順調です。ですが、やはり魔素が足りません」

「そうなると、やはり現代の魔術師を贄とするか？」

「マグナムさまが魔人王継承の儀を行うためには、彼は必要です。まあ、三つの試練が終わり次第、彼を贄とすることでサンフランシスコ・ターミナルは完成します」

「魅惑のフラットを奪い返されたのは痛かったな……まあ、マグナムさまの計画では、あの女は人質程度にしか考えていなかったらしいが」

「はぁ……保有魔力の多い臣民級魔族に、まだなにか秘密があるので？」

ブルーナが不死王《エタニティ》に問いかけると、彼もまた、ゆっくりと言葉を紡《つむ》いだ。

「フラットは先代魔人王フォート・ノーマの血族に当たる。腹違いではあるがな……この情報を得たのは昨日、とある情報屋からリークされてきた」

「な、なんですと？　それでは王印はその女が所有しているのですか？」

「いや、さすがにそれは無理だ。王印は時空を越えられない。ただ、フラットが鏡刻界《ミラーワーズ》に戻った暁には、彼女の体に王印が宿る可能性がある……そう考えていたのだが、どうにも奪回されてしまってはなぁ」

がっかりとする不死王《エタニティ》に、ブルーナは頭を傾げてしまう。

奪い返されたのなら、また奪えばいい。

それだけの話ではないのか？

それよりもフラットを奪い取った暁には、ブルーナ自身がフラットを連れて鏡刻界《ミラーワーズ》に戻り、彼女に王印が宿ったときに殺せばいいのでは？

ムクムクッと野心が鎌首をあげるが、それもすぐに消沈してしまう。

「フラットを奪い取ったのは現代の魔術師だ。やつの元から取り返せると思うか？」

「い、いえ、それは……」

俺ならできる、などという言葉は告げない。

先日の、わずか数分の攻防で、乙葉浩介の実力は十分に理解できた。

そんなことをしたら、今度は自分が浄化される可能性がある。

必ず勝てる、その方程式が成り立たない限りは、ブルーナは乙葉浩介には手を出したくなかった。

「そういうことだ。贄の確保、新たな地の水晶柱に対して『魔素萌芽種』を散布。現地の眷属《けんぞく》たちと連絡を取り、更なるサンフランシスコ・ゲートの活性化を行うように」

それだけを告げて言葉を締めると、不死王《エタニティ》は部屋から出ていった。

「私がマグナムの配下から受け取った『魔素萌芽種』は全部で四十個。再調整により半分が失われ、残った二十個も既に撒き終えている……これ以上、どうしろというのだ」

——ギリッ
力強く拳を握るものの、今はターミナルを使って魔界門から魔素を回収するのが先。

「しかしなぜ、日本からは魔素が送られてこない？　もっとも鏡刻界《ミラーワーズ》に近いと言われている、魔族が住む都市・札幌。その妖魔特区にある巨大水晶柱にも『魔素萌芽種』を送り込んだのに、なぜなにも反応がない？」

そこから送られる魔素量は、魔力炉程ではないが莫大な量となるはずであった。

ここまで反応が無いということはなにか予想外の事態に陥った可能性があるが、妖魔特区内にマグナムの眷属が存在しない以上、情報が送られてくることはない。

つまり、この場にあるモニターでは、妖魔特区内を監視することはできない。

「……私がもう一人いれば、計画はもっとスムーズでしたが……やむを得ませんか、他のエリアの魔素を集めることに集中しましょう」

その儀式のために、ブルーナもまた部屋から出ていった。

○　○　○　○　○

「……うわぁ」

妖魔特区内十二丁目セーフティエリア。

そこの対魔族用結界の外に出た俺は、思わず目を疑った。

鬱蒼と茂った大森林、そして漂う瘴気。

魔素が大気内に流れこみ、人間にとって害となる瘴気に変化している。

あちこちに触手が伸び、元・百道烈士《くどれっし》配下だった魔族が絡め取られ、生きたまま魔力を奪われている。

その触手から逃げるように、スプリンター長ネギやスプラッシュメロン、爆裂カボチャが必死に逃走。いや、野菜たちも頑張っているのに、なんで百道烈士《くどれっし》の配下が捕まっているんだよ‼

——ズルッ
そう思った瞬間、森の奥から巨大ななにかがやってくる。

人型の、頭のない巨人。

その全身には目玉が無数に張り付いており、眼球の黒目の部分からは無数の触手が伸びている。

腹部には牙の生えた巨大な口、そこから呼吸するかのように瘴気を吐き出している。

「やばっ、魔導紳士モード！」

——シュンッ
すぐさまペストマスク装着型の魔導紳士装備に換装。

すると、俺の気配に気がついたのか、突然、無数の触手が伸びてくる‼

しかも、この触手は見たことがある。

ニューヨーク、そして永田町で見た活性転移門から伸びていた触手だ‼

「力の盾《フォースシールド》っっ‼」

——シュンッ、プシュゥウウウウ

俺の目の前に張った力の盾《フォースシールド》に触手が突き刺さると、それを吸収して消しやがった‼

「嘘だろ！　魔力反射……じゃねーわ」

魔術攻撃なら、魔力反射の指輪でどうにでもできる。

けど、これは物理攻撃、しかも魔力を吸収するタイプだ。

——シュルシュルシュルルルル
鞭のように触手がしなり、俺を目掛けて振り下ろされる。

それをかわしつつも必死に逃げていると、ある距離まで逃げた途端、追いかけてこなくなった。

「ふぅ……目が無いから魔力を感知して動いていたのかよ。くっそ、天啓眼《てんけいがん》を使う暇もくれねえのかよ」

せめて正体だけでも知りたいところだが、天啓眼《てんけいがん》の有効範囲はすなわち、やつに感知される距離とみた。

「ここはいったん、退却するしかないか」

そう呟きつつも、途中で触手に囚われている魔族や野菜たちを助けると、いったん十二丁目セーフティエリアへと移動することにした。

曲突徙薪！切磋琢磨しなくちゃ（やるっきゃない！）

乙葉くんが十二丁目セーフティエリアから妖魔特区内に突入してから。

私が内部調査のために、この十二丁目セーフティエリアで深淵の書庫《アーカイブ》を展開しようとしていたとき、十三丁目入り口ゲートからヘキサグラムの機械化兵士《エクスマキナ》と軍人が近寄ってきました。

「フロイライン・瀬川。私はアメリカ海兵隊のキャンプ・千歳責任者のクロム・マンスフィールドです。あなたに協力するようにと、ヘキサグラム本部のアナスタシア・モーガンから命じられました」

「お久しぶりです。乙葉くんとキャンプ千歳でお会いして以来ですわね」

「覚えていただいて光栄ですな。さて、ゴーグル、いけるか？」

クロムさんの襟章は大佐を示しています。

以前、乙葉くんたちと接触したことのある方と同一人物のようですし、モーガン司令官の命令でというのなら、素直に受けることにします。

「ご安心を。私は、このときのために調整された機械化兵士《エクスマキナ》です」

まるでアクション映画の俳優、ミスターオリンピアで六連覇を成し遂げた方のような風体。

その彼が両手に提げたアタッシュケースを開くと、内部から無数のドローンが飛び出しました。

それも、プロペラではなくジェットエンジンのような推進器を搭載しているらしく、すぐさま妖魔特区内に飛んでいきました。

「では、フロイライン、お手を」

跪いて騎士のように頭を下げると、ゴーグルは私にそっと手を差し出します。

その指先には、さまざまなコネクターが内蔵しているのがわかりました。

つまり、そういうことなのですね?

ゆっくりと呼吸を整えて、意識をゴーグルさんの指先に集中します。

「深淵の書庫《アーカイブ》‼ミスター・ゴーグルの端末とダイレクトリンク‼」

——ピッ
『了解。機械化兵士《エクスマキナ》・ゴーグルの内部システムとリンク。ピーピングトムの制御権を獲得』

「了解。そのまますべてのピーピングトムは、妖魔特区内部のすべてのデータを収集してください‼」

——ピッ、ピピッ
私の声に導かれて、すべての端末がデータの収集を開始。

魔素などは解析できなくても、大気濃度および環境情報からすべてが推測できます。

そして十分後には、すべてのピーピングトムが戻ってきました。

実稼働時間十分の、脳内思考による観測システム『ピーピングトム』。機械化兵士《エクスマキナ》のゴーグルさんにしか制御できないそれは、内蔵エネルギーの枯渇により帰還したのです。

そして深淵の書庫《アーカイブ》を広域展開して、ゴーグルさんやマンスフィールド大佐にも見えるようにしました。

「……これが、噂の深淵の書庫《アーカイブ》。なんて美しい……」

「ヘキサグラム本部が、君をスカウトしたいといっている理由がよくわかる。いや、キャンプ・千歳にぜひとも迎えたいところだよ」

手放しで絶賛するヘキサグラムの方々ですけど、ここに表示されているデータは、明らかにおかしいのです。

植生の異常発生、おそらくは過剰に発生した魔素が普通の植物を変異させているのがわかります。

さらに変異したのは植物だけではなく、鳥や昆虫まで異常な姿に変わりつつあります。

今までもかなりの廃墟率であった妖魔特区内が、さらに風化変容しています。

「魔窟……としかいいようがないですわ。普通の人間なら、確実に体調を崩すだけでなく、最悪は魔障中毒を引き起こしかねません」

「……たしかに。この場所でさえ、この私の体に組み込まれている妖魔細胞が過剰反応を示している。もしもこの結界から外に出たならば、私の体を構成している妖魔細胞が爆発的な増殖を開始しかねない」

ゴーグルさんは理解しているらしく、一定の距離から先、フィールドの外には近寄ろうとはしません。

そしてマンスフィールド大佐も、すぐにどこかに通信を送っているようです。

「しかし、この場所にいるのが我々ヘキサグラムと君たち、そして第六課の退魔官だけとは。日本の自衛隊は世界的にもかなりの戦闘能力を有しているはずなのだが、この場には特戦自衛隊の姿がないのはなぜだね？」

そのマンスフィールド大佐の疑問はごもっとも。

彼らは妖魔特区外で非常線を展開、おそらくは安倍緋泉さんの助言により一定距離から内部に踏み込もうとしていません。

「日本の自衛隊の戦闘能力は、防衛の一手に尽きます。そのための力ならば、世界を敵に回しても十分な力を持っているとも思います。ゆえに、妖魔特区の外で、『市民を守るため』に活動しています」

「……なるほど。戦闘における感覚の違いでもあるか。それで、君たちの切り札は、いつ頃戻ってくるのかな？」

それが乙葉くんのことであるとすぐに理解できました。

それなら、まもなく戻ってきますよ。

ピーピングトムが、未確認妖魔と彼の戦闘を確認していましたから。

○　○　○　○　○

――妖魔特区外、札幌市教育文化会館

変異した妖魔特区から救出された人々は、大通十三丁目北に位置する札幌市教育文化会館に作られた避難所へと集められています。

そこで怪我人の状態確認を行い、緊急性のある人たちは待機している救急隊員によって病院に搬送されているところですが。

明らかに人手が足りなくなっています。

「第六課の要請できました、新山小春です。緊急性のある患者のもとに案内してください」

「了解しました、まずこちらからお願いします」

避難所では大勢の医者たちが患者の容態を確認中。トリアージを行いつつ、到着した救急車に患者を割り振っている真っ最中でした。

まるで戦場のような状況であり、その迫力には一瞬、身が引き締められるような感覚があります。けど、私もフェルデナント聖王国戦のときには、数多くの経験をしてきました。

「では、対妖魔特措法における、緊急医療行為のために魔術の詠唱を宣言します」

これは井川巡査部長から教えられた、魔術行使宣言。

これを行うことにより、私がこの場で患者に対する魔術医療行為をするという説明になるそうです。

医師免許を持たない人間が、医療行為をすることは法律違反となりますが、私はこの宣言によって魔術による『緊急医療行為』を行えるそうです。

――シュルルルル

右手に持っていたスクロール。

これを開いて術式の契約を行使する。

発動する術式は『広範囲化』であり、次に発動する魔術を『一対象』から『範囲』に拡大します。

残念なことに、私の神聖魔法では広範囲化を行うと消費魔力が高すぎてしまい、あまり連続で治癒魔法を発動できなくなります。

だから、スクロールで広範囲化を付与しました。

さらに右手に魔導書を呼び出すと、静かに意識を集中して詠唱をはじめます。

「我が言葉に祈りを込めて。神の眷属たちよ、私の問いかけに答え、かのものたちの状態を教えてください……診断《ディアグノーシス》‼」

――キィィィイン
術式が発動。

そして目の前の範囲にいる人たちの頭上に、現在の診断状況が表示されました。

「一番イエロー、二番イエロー、三番はレッド、四番はイエロー‼」

次々とトリアージをおこないつつ、緊急性のある人に対してはすぐさま神聖魔法の状態回復《キュアステート》、中治療《ミドルヒール》、除去《リムーブ》を使い分けていきます。

大半の人は避難時の転倒などによる怪我ばかりですが、なかには瘴気を吸い込んで肺や喉が焼けた方や視力が落ちた方、そして筋肉の動きが阻害された方までいます。

ここまで様々な症状があるとは、正直思っていませんでした。

そして。

「二十五番ブラック……魔障中毒を確認。除去《リムーブ》……」

歪《いびつ》な瘴気により魔障中毒を発症し、肉体の細胞が変質をはじめた方がいました。

「魔障中毒？　それはどんな病気なのですか？」

「高濃度の魔障に晒され、それを吸い込んだ場合に発生する肉体の変質現象です。魔力が使えなくなり、生命の維持に必要な臓器の不全を引き起こすことがあります……」

すかさず除去《リムーブ》で魔障を取り除こうとしましたが、やはり私の魔法では魔障中毒を取り除くことはできません。

せいぜいが弱った体に活力を与える程度で、二十五番とナンバリングされた方も、すぐに生命維持のために緊急搬送されていきました。

「……申し訳ありません、私では魔障中毒は癒すことができないのです……続けます」

すぐに気を取り直して、私は治癒魔法を行使し続ける。

これが私のやるべきことだから。

○　○　○　○　○

未確認妖魔から逃げて、俺は十二丁目セーフティエリアに逃げ込んだ。

いや、近くにいるだけで俺の体にも奴《やつ》が吐き出した魔素が絡みつきそうだったし、少しずつ魔力を引き抜かれていくような感覚があったんだよ。

だから魔法の箒を引っ張りだして、ぶら下がるように高速で逃げてきたんだけどさ。

「おかえりなさい。その足にぶら下がっているネギとか大根については、ツッコミ無用かしら?」

そう言いながら井川巡査部長は笑っている。

触手に絡め取られていた魔族や野菜を救出してきたからね。

魔族はどこかに逃げていったけど、野菜たちは俺の足にしがみついているんだよ。

その力はどこから出るのかとか、そもそも野菜がしがみつくなって突っ込みたくなるけど。

「おつかれさま。内部の様子は……って、なんでスプリンターオニオンをぶら下げているの? それってセーフティエリアに入ってこれたの? え、どうして?」

「うん、オニオンだけじゃなくマッシブ大根も一緒だよ。なんだか触手に捕まっていたから助けたんだけど。この野菜たちってさ、魔族じゃないから通れるんじゃないかなぁ……あと、白桃姫の部下も捕まってたので助けてきたけれど、あいつはかなりやばい」

「あいつ？　こちらで調べた感じでは、とくに危険そうな存在は確認できなかったけど」

そのまま先輩が深淵《アーカイブ》の書庫を起動し、調査した画像を見せてくれた。

うん、俺がいた区画が映っていない。

「惜しい。俺がいた場所は映ってないわ。とにかく凄くてなぁ……って、新山さんは？」

「外の緊急避難所から、まだ戻ってきていないわよ」

「そっか。まあ、新山さんにしかできないことだろうから、彼女には後で報告するとして……クロム大佐と、えーっと……前にキャンプ千歳で見た機械化兵士《エクスマキナ》の兵士さんだよね？」

あ、俺が一方的に見ていたっていうか、見つかった兵士だよなぁ。

「ゴーグルだ。キャサリンとマックスの同期に当たる。二人を助けてくれて感謝する」

「いえいえ、こちらこそ。それで、ゴーグルさんたちはなんでここに？」

「ヘキサグラム本部からの命令で、お前たちに協力しろといわれて派遣されて来た。それで、そんなにやばい相手がいたのか？」

「まあ、そういうことなら説明するけどさ」

そういうことで、俺はその場のみんなにも詳しく説明したよ。

とんでもない化け物がいたって。

本当に、このままじゃ妖魔特区内部の魔族がすべてやつに食われる……って、ちょっと待った‼

「綾女ねーさん‼この中には綾女ねーさんもいるんだよ‼」

そうだよ、こんな環境ならさすがの綾女ねーさんもピンチだよ。

そう思ったら、なにやら後ろに魔族の気配をキャッチ。

「おや、心配してくれるとはねぇ」

俺の背後から、綾女ねーさんの懐かしい声が聞こえてきた。

慌てて振り向くと、十二丁目セーフティエリア外で、綾女ねーさんがフワフワと浮いていた。

「ああっ、無事だったのか……こっちに来る？」

「そうしてくれると助かるね。できるのかい？」

「そりゃあ、俺が作った結界だからね」

——ブゥン
右手を結界壁に当てて魔力を注ぐ。

そこに直径五十センチほどの穴を作り出すと綾女ねーさんが飛び込んできたので、すぐに穴を閉じ直した。

これが外壁に当たる対物理障壁結界だったら、こんなに簡単に穴なんて開けられないからね。

自分で作った結界だから、自分の魔力で中和できただけだからな‼

——シュン
そして綾女ねーさんが実体化すると、クロム大佐とゴーグルの二人が思わず身構えてしまう。

「こ、ここに魔族が来るとは‼」

「確認できる魔力量は八百九十マギパスカル……上位魔族に分類される」

「待った待った‼綾女ねーさんは敵じゃないから武器を構えない、銃を抜かない‼」

「「なんだと‼」」

そのまま簡単に説明して、どうにか綾女ねーさんが味方であることに納得してくれたけどさ。生首がぷかぷかと浮いているのは、正直いって落ち着かないらしい。

「まあ、身構えるのは仕方ないけれどねぇ。でも、私の体部分は封印されているから、そんなに危険じゃないけれどねぇ」

「綾女ねーさんの言うとおり‼そして封印されていた体は俺が預かっているから返すかい？」

神居古潭で封印杖を手に入れるために、綾女ねーさんの体とはガチで戦闘したからなぁ。

どうにか封印できたけど、正直いってもう二度と戦いたくはないんだよ。

「そうだね。返してくれるなら、私としても助かるけどさぁ」

「そんじゃ返すけど、いきなり俺たちを襲ったりしないかい？」

「するはずがないだろうさ。あんたは人間でも数少ない、私の友達みたいなものだからね」

そう言われると照れるなぁ。

まあ、この場を収めるためなら、とっとと体を返すことにしようそうしよう。

国士無双・逃げるが勝ちっていうよね（目覚めた羅刹は、とんでもなかった）

妖魔特区内、セーフティエリア。

これは妖魔特区外へと繋がるゲートを守るために、俺が作り出した対妖魔結界区画。

大通り十一丁目から十三丁目へと至る三つの区画を守るこのフィールドには、妖魔は絶対に立ち入ることができない。

ちなみにだけど、このルールには実は落とし所がある。

白桃姫が第六課と結んだらしい条約のようなものがあるらしく、妖魔特区内部の白桃姫配下の魔族は、第六課の要請に応じて協力体制を取る代わり、妖魔特区外部に出ることが許されているらしい。

まあ、その場合は俺に連絡が来るので、俺が水晶柱を使って外にゲートを開くことになっている。

いずれは第六課でも使えるように、十三丁目の出入り口付近にも魔族専用のゲートを作りたいところだけど。

それはまあ、まだ先に置いておくとして。問題は目の前でワクワクしている綾女ねーさんだね。

「それじゃあ、封印されている羅刹の本体を出しますか」

——シュンッ
空間収納《チェスト》から、封印呪符を貼り付けたダイヤモンドを取り出す。

これには、俺と祐太郎が二人がかりで封印した羅刹の体の部分が収められている。

「ほう……封印されていてもなお、私の魔力を感じられるとは……」

「そう、そこ、そこなんだよ。綾女ねーさんって、鑑定したら魔神って表示になっていたけど、魔族じゃないの？」

「魔族さね。まあ、人間でいうところの亜神、神に近い魔族が魔神って分類されているらしいからね。本物の魔族の神ではないから安心をし」

「なるほどなぁ。それなら納得だわ」

そもそも、羅刹って毘沙門天の眷属だからね。

そう考えてみると、俺も祐太郎もよく勝てたものだよ。

「それじゃあ、解放しますから。すぐに体と一つになってくださいね、暴れられると大変なもので」

俺の説明のすぐ後に、瀬川先輩とクロム大佐、ゴーグルの三人も妖魔特区ゲート近くまで避難する。

それぐらい離れていた方が、安全だと思うよ。

そして封印呪符が貼り付けられているダイヤモンドから羅刹の本体を解放すると、目の前に巨大な岩ほどの大きさの魔族が姿をあらわした。

俺たちが倒したときと同じ、全身傷だらけな上に片手片足が吹き飛んだまま。

「はぁ……封印されていたとはいえ、多少は自己回復するはずなんどけどねぇ」

「あ、俺の能力でさ、封印中は時間の進行が止まっているんだわ」

「どおりで。この傷、明らかについたばかりじゃないか……どれ」

そう告げてから、綾女ねーさんの体が霧のように散り、羅刹の中に吸い込まれていく。

そして少したったと思いきや、いきなり羅刹の体がミシミシミシイッと音を立てて縮まっていく。

——ミシッ……プシュゥゥゥゥゥ
十分ほど、俺たちは綾女ねーさんの様子を見ていた。

最悪、自我を失った場合は俺が止めなくちゃならないからね。

そして一十分後、そこには身長百七十五センチほどの妖艶《ようえん》な花魁姿の女性が立っていた。

「ふぅむ。久しぶりじゃなぁ」

ゴキゴキッと肩を鳴らしつつ、花魁姿の綾女ねーさんは笑う。

黒い着物がよく似合う、和装女性。

でも、その体から滲み出るのは半端ない魔力。

抑えているらしいけど、俺にはわかる。

少なくとも白桃姫の保有魔力値よりも桁ひとつは大きい。

「そんで、気分は如何程に？」

「ん？　まああじゃな。ではまた中に戻るから、ここを開けてくれるか？」

「はぁ、中に戻るのかよ。そもそも、綾女ねーさんは羅睺さんとここにいたんでしょうが。そっちに戻るのが普通じゃないか？」

「む、確かに。どれ、それじゃあ久しぶりに、羅睺らの姿を見てくるとするかのう」

にっこりと笑いながら、ゲートに向かって歩き出す。

それじゃあ俺もついていきますか。羅睺さんにも聞きたいことがあったからさ。

「先輩、俺は羅睺さんのところに行ってきます」

「了解です。私たちはもう少し調査してから、新山さんと合流することにしますわ」

それじゃあ、急いで向かうとしますか。

○○○○○

阿鼻叫喚って、こういうことを言うんだなぁ。

魔法の絨毯で綾女ねーさんとタンデム。

やってきたのは喫茶・九曜なんだけどさ、俺が入った後で綾女ねーさんが店内に入った瞬間、羅睺さんとチャンドラ師匠が戦闘態勢に入るし、計都姫は裏口に向かって逃げようとするし。

そんな姿を見て、蔵王さんが笑っているのは凄いと思ったけどさ。

「おやまあ、みんな久しぶりじゃないか。そんなに慌てるなんて、なにかあったのかい？」

「な、な、なにかもなにも、羅刹の封印が解けているではないか‼」

「羅睺、俺がやつを止めるから、俺ごと封印しろ‼」

「もうダメ……調伏刀もない……羅刹を止められない……」

うわぁ。

ここまで動揺するレベルなのかよ。

「ちょっと、マスター。よく見て綾女よ、羅刹じゃないわよ」

蔵王さんがそう笑いながら説明すると、恐慌状態の三人もおそるおそる綾女ねーさんを見る。

「た、確かに姿は綾女だが、その体から発する魔力波長は羅刹そのものじゃ‼」

「はぁ、ちゃんと話を聞いておくれよ……」

やれやれと頭を抱えつつ、綾女ねーさんがカウンター席に座る。

俺もその隣に座ると、一人だけ冷静だったハルフェ・ライネン店長が俺の前にコーヒーを置いてくれた。

「乙葉くんが、綾女の体を返してあげたの？」

「ええ。いつまでも封印されていたら可哀想ですし、今の綾女ねーさんなら、悪用しないよなって思ったまでです」

「ど、どこをどうしたらそのような判断になるんだ。浩介は知らないかもしれぬが、羅刹はそもそも、二代目魔人王の側近。我ら初代八魔将と剣を交えた存在なのだぞ‼」

「体が封じられてからは、頭だけの状態でここにいたのにねぇ。体が付くと、そんなに怖いのかい」

「当たり前じゃろ‼羅刹は三獣鬼と並び、少なくとも歴代魔人王側近の中でも最強と呼ばれていた存在なのじゃぞ‼」

へぇ。

三獣鬼って、ひょっとしてあいつら？

「綾女ねーさん、三獣鬼って、伯狼雹鬼《はくろうひょうき》とその兄弟？」

「まあ、そんな時代もあったわねぇ。今はほら、乙葉くんによって体も戻ってきたし、昔のことはキッパリと忘れようじゃないかえ」

「ま、まあ、敵対しなければ……なぁ」

「うむ。チャンドラの言うとおりじゃ」

「それで、確か私が使っていた部屋があったろう？　そこをまた貸して欲しいのだけど、ダメかえ？」

——ブンブンブン

羅睺、チャンドラ、計都姫の三人が高速で頭を左右に振る。

そこまで嫌なのかいと苦笑していると、綾女ねーさんも気付いたらしく、ニイッと笑っていた。

「それなら住むということで決まりだねぇ。ハルフェや、さすがにタダで借りるわけにはいかないから、仕事をくれればなんでもするぞよ」

「う〜ん。では、和菓子を作ってもらえますか？」

「懐かしいの。では、今後も頼むぞ」

あっさりと話が終わったので、ここからは俺のターン。

「羅睺さん、活性転移門ってわかりますか？」

「活性転移門？ いや、わからぬが。それはどのようなものだ？」

「実はですね、最初から説明しますけど……」

俺たちがニューヨークのリバティアイランドで見た活性転移門、そして妖魔特区内部を徘徊する謎の魔族について説明したんだけど、羅刹さんたちは腕を組んで唸ってばかり。

「いや、長年生きていたが、そのような魔族は知らぬし、転移門が生きているということもわからぬ」

「そもそも、転移門は高度な術式により生み出されるものであり、生きていて、しかも獲物を求めるなど考えられないな」

「しかも。正体不明の魔族。特徴を聞いても、私はそんなの知らない」

それならばと、綾女ねーさんのほうを向いたんだけど。

「推測じゃが、【古き魔族】の力によるものかも知れぬ。私がまだ、魔神化するまえに聞いたことがある……魔皇が魔人王を名乗るよりも昔、ファザー・ダークの眷属と呼ばれていた魔族がおったが……そのあたりやも知れぬな」

「それだ‼ そのあたりの情報をプリーズ‼」

——ブゥン
新型魔力玉・神威ミックス。

それを作り出して万能マジック・ミルに装填して削り出すと、綾女ねーさんの食べている宇治抹茶かき氷の上にトッピングする。

「これはまた。しばらく見ないうちに、ずいぶんと魔力コントロールがうまくなったのう。ほれ、普段はそんな様子を見せない輩《やから》たちも、本能には逆らえぬようじゃぞ」

そう綾女ねーさんに言われて周りを見渡すと、計都姫が口から涎《よだれ》をこぼしそうになっているし、チャンドラ師匠は耳が実体化しているし、羅睺さんは冷静にお茶を飲んでいるように見えるが、その手はガタガタと震えている。

しかし、蔵王さんとハルフェさんは変わってないから、このあたりに違いがあるのかなぁ。

「こ、浩介……我々は普段は、そのような高濃度魔力を口にすることはないからな。務めて節制を行なってあるゆえ、あまり我らの前ではそれを出すな」

「あ、ああ、羅睺の言うとおりだ。わかったな‼」

「一つ、欲しい」

「ほい、計都姫にはあげよう」

ヒョイと手の中につくりだすと、それを計都姫に手渡す。

それをすぐに口に頬張ると、飴玉を舐めるかのように口の中でコロコロと転がしている。

――ゴクリ

その姿を見て、羅睺さんとチャンドラ師匠も喉を鳴らすが、あくまでも必要以外の魔力は摂取しないという矜持《きょうじ》があるらしく、ねだってくることはなかった。

「さて、話を戻すが。綾女殿、先程の話ではファザー・ダークの眷属という話が出ていたが、我らもそれについては知らぬのだが」

「まあ、そうじゃろ。私のように魔神化した魔族ぐらいでないと、その呼び名は知らないからのう。今は存在しない、絶滅した魔族。血脈も残っておらず、彼らにしか使えない秘技も失われておる」

淡々と説明してくれるのだけど、その失われた秘技の中に、【鏡刻界《ミラーワーズ》と裏地球《リヴァース》を繋ぐ門を作る植物の育成】というのが存在したらしい。

魔素を取り込み成長し、蔦を伸ばして転移門を作り出す。

いわゆる『神隠し』の元凶のようなものであるが、最悪なのは、その転移門が『どこに繋がるのかわからない』ということ。

一度入ると、元の世界には戻れないというのも凶悪さをあらわしているらしいんだけど、その植物の門と活性転移門の特徴が似ているらしい。

「まあ、失われてからかなりの時間がたっている。それを解析した者が、新たな調整を施したのかも知れぬ。そしておそらくは、妖魔特区の中にいた未確認の魔族も、そういったものかもな」

「た、対処方法は？」

「ふぅむ。失われた秘技ゆえに、私にもわからない。それに、私は知性派というよりも肉体派でな」

まあ、羅刹ですからね～。

「そんじゃ、最後にもう一つ。魔界門って知ってる？」

これについては、本当に情報が少ないからね。

「はて。聞いたことが無いのう。そもそも魔界というのは、私たちの世界である鏡刻界《ミラーワーズ》でも、この世界である真刻界《リアルコクーン》でもない。揺蕩《たゆた》う空間に存在する、始原の魔族の住まう世界という話しか聞いたことはないが」

んんん？

それってつまり、俺の知っている二つの世界以外にも、この宇宙には別の世界が存在するっていうことなの？

「うへぇ。俺たちの住んでいる世界って、どれだけの並行世界が存在しているんだよ」

「さあな。それこそ、神のみぞ知る、というやつじゃな」

まあ、今はそこに踏み込まない方が無難だろうなぁ。

「わかりました。色々と情報をありがとうございます」

「いやいや。この程度でよければ、いつでも聞くがよいぞ」

「それよりも、今日は稽古の日なんだが。祐太郎はまだ来ないのか？」

あ～、チャンドラ師匠。

そのことも説明しますよ。

ということなので、祐太郎の魔障中毒について説明したんだよ。

今はそれを解除するために、冥王の元に向かったこともね。

「冥王……死を操る魔族。殺した相手を眷属とする。有望な魔術師も、彼の元にアンデットとして使えている」

「冥王かぁ。久しく会っていなかったな……やつの元に祐太郎が向かったか」

「「はぁ……」」

深いため息をつく三人。

え、なんで？　三人とも冥王を知っているの？

「な、なんで溜息？」

「冥王。死を操る魔族。そしてもう一つ、別名もある」

「己の元に、自らの意思でやってきたものを拒むことはない。そのものに力を与えるためなら、やつはまさしく冥府魔道の鬼となる」

「ひと言でいうぞ、冥王は修行バカだ‼」

「チャンドラ師匠よりも？」

思わず問い返したけど、全員がうなずいている。

蔵王さんもハルフェさんも、しかも綾女ねーさんまで。

そこまですごいのかよ、冥王って。

そして、活性転移門についてのヒントはあったけど、対処方法はいまだ闇の中だよ。

こりゃあ、八方手詰まりに近くないか？

暴虐非道！　荒馬の轡は前からかなぁ。（面倒な事は纏めてくる？）

はてさて。

喫茶・九曜をあとにして。

新山さんたちの様子を見るために、俺は再び妖魔特区へ向かう。

結界内部や活性転移門が姿をあらわした外国はひと騒動どころか、大騒動に発展してある場所もあるのに、札幌市は平和だよなぁ。

活性転移門ができる可能性があるとすれば、あの妖魔特区の内部だと思っているだろうし、そもそも外に出るとは思っていないんだろう。

だから、十三丁目ゲートに近づいたとき、大勢の人が集まって眺めていたり、あちこちの報道関係車両が中継をしていたりするのを見ると、危機感ないよなぁって思えてきた。

一応、結界から百メートルの位置には立ち入り禁止のテープが張り巡らされているし、等間隔に特戦自衛隊や陸上自衛隊の隊員たちがガッチリとガードしている。

そんなのをよそに、俺はゲートに向かうと身分証を出して中に入る。

生徒手帳って、こういうときは便利だよね。

以前、魔法で作った身分証《カード》もあるけどさ、あれはまだ一般的じゃないから。

「おかえりなさい。綾女さんはどうなりましたか？」

「その様子ですと、何事もなく終わったようですわね」

俺を迎えてくれたのは、新山さんと瀬川先輩。

あと、クロム大佐とゴーグル、忍冬師範と、なんで御影さん？

男衆四人は、十二丁目セーフティエリアの一角で立ち話という、近所のおばさんたちの伝統芸能を繰り広げているよ。

俗に言う『井戸端会議』だね。

「浩介、戻ったか」

「ええ。それで、なんて物騒なメンバーがそろって井戸端会議なんてしているのですか？」

「外で話せる内容じゃないからな。しかし、以前よりもまた魔力量が増えていないか？」

「そりゃどうも。御影さんも、しばらく見ないうちに色々と鍛えていたのですね？」

いきなり俺の魔力量の変化度合いを見たっていうのは、凄いことだと思う。

こっそりとゴーグルを装着して御影さんを見てみると、左目に闘気を集めて俺を見ている。

へぇ、闘気コントロールができているのか。

「わかるのか？」

「闘気を目に集めていますよね？　それで魔力を見ることができるようになるはずですが、まだムラがありますよね。闘気回路……経絡の使い方がまだまだ甘い！」

「手厳しいな。忍冬警部補に学んだとおりの訓練を続けているだけだからな。それで乙葉、お前に話がある」

あ、嫌な予感しかしない。

「ものによりけり。なんでしょうか？」

「今、世界各国にあらわれた転移門についてだが、各国の対妖魔機関はそれぞれの国の方針について公式発表を行なっている。大抵は接近禁止、封印処理という方向性で一致しているが、封印の仕方がわからない」

「それで、日本政府の代表団に、浩介が封印術式をレクチャーしてくれないかって話らしいのだが。可能なのか？」

「ち、ちょっと待ってくださいね。そもそも、日本政府の代表団って、魔力素養あるのですか？」

問題はそこだよ。

魔力素養がないと意味がない。

知識だけでどうにでもできるものではないし、そもそも俺の封印術式は特殊すぎる。

ベースはジェラールから購入したチベットの巫術でたり、そこに鏡刻界《ミラーワーズ》の魔導書から得た知識を組み込んでいるからさ。

「s（atmkgat）okg）（xq&dw' syd, jwe。これ、俺がなんで話しているかわかりますか?」

俺が発したのは、普通の魔術言語。

おそらく地球人なら解読不可能な、それでいて発音できても発動しない封印術式。

いつもは面倒なので余剰魔力込みで無詠唱か、日本語変換した簡易詠唱なんだけどさ、今回はわかりやすいように声に出してあげたけど。

「いや、わからないが。それを覚えれば封印術式を使えるのか?」

「発音というか、声に魔力を乗せないと。あと、コツとしては……」

チラリと瀬川先輩を見る。

こういう説明は、先輩の方が得意だと思うからさ。

「では、乙葉くんに代わって説明しますわ。まず声に魔力を乗せるのは大前提ですので、これができないと無理。次に、二系統発音ができるかどうかです」

「「「「二系統発音?」」」」

その場の男性陣が問い返す。

まあ、簡単に説明すれば、『鳩ポッポ』を歌いながら、鼻歌で『犬のおまわりさん』を歌うだけ。

そんなことできるかっていうことなんだけど、魔法の詠唱ってこういうことなんだよなぁ。

頭の中で『犬のおまわりさん』を歌いながら声は『鳩ポッポ』を口ずさむ。

これができれば、あとは声に魔力を乗せる。

それで万事オーケー。よい子は真似しないようにね、脳内処理が追いつかなくなってアヒャアヒャするからさ。

「そ、それを乙葉はできるのか?」

「まあ、一応は。でも疲れるから俺は無音声発動。俗に言う無詠唱ってやつですよ」

「無詠唱でも可能なら、誰でもできるのでは?」

――ブゥン

魔導書とセフィロトの杖を取り出す。

「そのための発動媒体と増幅器です。当然ながら、俺たちはこれを持っていますし、作り方も知っています。でも、教えません」

「なぜだ？　それがわかれば誰でも魔術が使えるようになるんじゃないか？」

「素材が入手できませんよ。俺だって、素材をどこから手に入れたかなんて教える気もありません。これ、装丁にドラゴンの翼の皮膜を使ってます」

魔力伝導率とか、魔素増幅率とかいろいろあるんだけど、これは説明しない。

うかつな話をして、動物実験とかはじめられたらたまったものじゃないからさ。国によっては、絶滅危惧種すら乱獲しかねないからね。

国が動かなくても、密猟者とかも動きそうだし、これは沈黙するに限る。

「御影2曹、この件については以前にも話があったと思ったが？」

「今の特戦自衛隊は、その立ち位置がかなり不安定だからな。対妖魔戦を想定していたにも関わらず、対妖魔兵器が全く存在しない。乙葉の協力ありきで作られたようなものだから……」

「だから、協力はしませんよって何度も話していますよね？　ちなみに日本政府は、この妖魔特区の現状を見て動かないのですか？　放っておくと転移門、開きますよ？」

あえて揺さぶってみるが、御影さんの口から出たのは信じられない言葉。

「開くのを待っている、というのが実状だ。異世界外交について乙葉浩介の協力が得られない以上、自然に転移門が開くのを待つ。これは札幌市だけではなく、日本国内の水晶柱についてもすべて同じ考えらしい」

「……開いたら、なにが起こるかわかってませんよね。誰が、なんのために開こうとしているのか、それすら理解していませんよね？」

ちょっと腹が立ってきたわ。

転移門が開いたら異世界外交をする？

それって、今の政権の話なのか？

そこまで天羽総理はアホなことを話しているのか？

「ここまで大規模な転移門騒動だが、さまざまな場所に開くのではという諸外国の研究機関の公式発表があってな。日本にはそういった機関が存在しないから、他国のデータを参考にするしかない」

「……先に説明しておきます。開いたら、大氾濫が起きますからね。俺が今年の頭に封印した魔族の大規模転移門、あれよりもとんでもない結果になりますからね」

「待て‼大氾濫は浩介が転移門を封じた時点で終わりじゃないのか？」

やっぱり。

あれで終わり、次に開くのは五百年先の未来だとでも思っていたのかよ。

「この活性転移門騒動は、魔族によるものです。やつらが新たな大氾濫を起こすために企てたものですから。そんじゃあ、あとは任せますので」

「任せます……他人事のようだが、乙葉は戦わないのか？」

来たよ。

この御影さんの言い方。

俺を煽《あお》るスタイルは、相変わらずのような気もする。

横では忍冬師範が御影さん相手に苦言を呈しているけれど、まるで聞く耳を持っていない。

「え？ 戦いますけど？ 俺たちのために。だから、日本政府は勝手にやってくださいね。俺の協力が欲しかったら、高くつくことぐらいは理解していますよね？」

「特戦自衛隊の年間予算。その中から、乙葉浩介に退魔法具の開発依頼に回すための予算が千二百億。この範囲内で、退魔法具を作ってほしいのだが」

うわぁ。

正攻法で来るのかぁ。

高くつくっていった以上は、引くに引けない。

でもまあ、俺が関与しないところで他人がどうなろうと知ったことじゃないって言ったけどさ。

だからって見捨てるって選択肢は無いんだよなぁ。

それだったら、そもそも第六課に協力なんてしないからね。

「一つだけ訂正してください。俺が作るのは魔導具、退魔法具ではありません」

「わかった。詳しい詳細については、後日改めて連絡をする」

これで話し合いは終わり。

忍冬師範からの依頼で、明日以降も定時にここで妖魔特区内部の観測を行うことになったけど、夏休みのバイトだと思えばいいいか。

ちょうど新山さんも戻ってきたことだし、今日はこのまま撤収、カラオケにでもいきますか。

○○○○○

——一週間後
いまだ、祐太郎からの連絡はない。

いい加減に不安になってきたんだけど、俺たちでなにかできるかっていうとなにもできない。

一度、バミューダ諸島に発生した水晶柱にゲートを繋いで行ってみようとしたんだけど、ゲートが開かなくなっていたんだよ。

完全にコントロール権を奪われたというか、うまく接続できなくなっていた。

ということで、不安ではあるものの連絡を待つしかなく、今日も妖魔特区で観測作業を行うためにやってきた。

ここ最近は、俺と新山さん、瀬川先輩以外のメンバーとして、第六課の忍冬師範、特戦自衛隊の御影さん、アメリカ海兵隊のクロム大佐、ヘキサグラムのゴーグルというメンバーが十二丁目セーフティエリアに集まっている。

いや、他の海兵隊員や特戦自衛隊の隊員、退魔官とかもいるよ？

責任者としているってことだからね。

そしていつものように、先輩が深淵の書庫《アーカイブ》を開いてなにかを調べはじめる。

測量に時間がかかるので、並行して祐太郎関連の調査を続けているみたい。

すると突然、深淵の書庫《アーカイブ》が真っ赤に点滅を開始した。

しかも中にいる先輩の顔色が真っ青だし、後ろでサポートしている新山さんもオロオロしている。

そして直後に、クロム大佐とゴーグルもどこかから連絡が入ったらしく、通信機片手に大慌て状態。

先輩、なにかあったの？

そう問いかけようとしたら、新山さんが慌てて俺の近くに走って来た。

「お、乙葉くん……サンフランシスコが、深紅の結界に包まれたそうです。まるで、この妖魔特区のような結界に……」

深淵の書庫《アーカイブ》の中を見ていた新山さんが、俺に説明してくれる。

その声を聞いた直後、御影さんと忍冬師範の元にも連絡が届くし、クロム大佐とゴーグルは十二丁目セーフティエリアから出ていくし。

「はぁ……脳内処理が追いつかないわ」

——アメリカ・サンフランシスコ
時刻は昼下がり。

サンフランシスコの住民は、信じられない光景を見た。

雲ひとつない青空に、突然虹色のドーム壁が生まれたのである。

直径が九．三マイル、約十五キロメートル。

日本の妖魔特区のおおよそ五倍の規模の対物理障壁結界。それがサンフランシスコ全域をすっぽりと覆い尽くした。

ゴールデンゲートもサンフランシスコ側が飲み込まれてあるため横断不可能となり、突然の出来事に市民は動揺の色を隠せない。

——プシュッ
結界が発生してから三十分後。

虹色であった結界壁は、ゆっくりと血の色に滲みはじめる。

そしてほぼ中央、サットロタワーに重なるように、巨大な水晶柱と活性転移門が姿をあらわした。

それまで人目につかなかった水晶柱、魔族たちのコードネームで呼ぶならば『サンフランシスコ・ターミナル』。

その真下の活性転移門の前には、大勢の人々が集まっている。

「時は来た。世界各地の同志たちよ、よくぞ門を開いてくれた……」

不死王《エタニティ》が活性転移門野前で、両手を広げて歓喜している。

それがなにかのパフォーマンスなのかと、大勢の人々が遠巻きに不死王《エタニティ》たちを眺めている。

──ギギッ……。

やがて、門がゆっくりと開く。

すると不死王《エタニティ》をはじめとする、黒龍会所属魔族たちが一斉に膝をつく。

──プシユゥウゥウゥ
開いた門の隙間からは、濃厚な魔素が流れ込む。

ゆっくりと大地を覆うように漂いはじめた魔素が集まり、一体、また一体と真っ黒な獣《ヘルハウンド》が生み出されていく。

「おい、なんか映画のセットか？　それならこの空の虹色ひゃふい！」

──ガギッ
側で見ていた男性の側頭部が、突然飛び出してきたヘルハウンドによって噛みちぎられる。

それを見ていた女性の悲鳴と同時に、生み出されたヘルハウンドが周辺の人々を襲いはじめた。

だが、そんなことなど気に留めることなく、不死王《エタニティ》は扉をじっと見ている。

──ガギギッ
辛うじて人一人通れるぐらいの隙間が開くが、そこから先は扉が動かない。

「魔素が足りないのか……」

「いや、これでも十分だ。出迎え、ご苦労である」

──カツーンカツーン

扉の向こうから、黒い衣服に身を包んだ男が姿をあらわす。

そして門から出た瞬間、それまで開いていた門が消失する。

門から姿をあらわしたのは、元・十二魔将第一位、憤怒のマグナム・グレイスその人であった。

「お、おお……マグナムさま。お久しぶりでございます」

不死王《エタニティ》の歓喜の声に、その場の魔族もさらに深々と頭を下げる。

「まさか、私が直接出向くことになるとはな。まあいい、王印保持者の目処《めど》がつかない以上は、フォート・ノーマの血族を捉えて贄とするのが得策であろう……して、魅惑のフラットはどこに閉じ込めてある？」

淡々と事務的に問いかけるマグナム。

だが、不死王《エタニティ》は頭を下げたまま、ひと言だけ。

「人間の、それも現代の魔術師に取り返されました」

——ピクッ
マグナムの眉根が動く。

まさか、予想外のことが起きているとは思っていなかった。

「そうか……やはりアンダーソンは裏切ったか。それで乙葉を味方につけて、フラットを取り返した。まあいい、それなら俺が直接、話をつけるだけだ」

「お待ちください。我が君が動くことはありません。今は、この地に魔族の都を作り出し、我らが橋頭堡を確保するのが先決。フラットの件は、私にお任せを」

不死王《エタニティ》の必死の言葉に、マグナムの口元も綻《ほころ》ぶ。

「二度目はない。さて、この地は実によい環境だ……門が完全に開かぬのは仕方がないが、私の計画のためにも、ここに魔都を作り出すとしよう」

そう告げてから、マグナムはゆっくりと歩き出す。

その後ろに一人、また一人と魔族が追従すると、マグナムは満足気な笑みを浮かべていた。

「歴代魔人王でさえ成し遂げられなかった、単独での異世界移動。私こそ、次代の魔人王に相応しいだろう」

そう声高らかに叫ぶ。

その場の魔族たちも、一人を残して彼の言葉に同意していた。

四面楚歌、犬も歩けば棒どころかとんでもないものに？（仕事の話をしようじゃないか）

最悪だ。

サンフランシスコが結界に飲み込まれた。

内部に取り残されている人々は、街の外に出るために必死に抵抗を続けている。

アメリカ海兵隊、サンフランシスコ駐留の米軍、ヘキサグラムのサンフランシスコ支部の警備員は、人々を安全な場所に避難させるべく動いている。

妖魔特区と同じ対物理障壁結界らしく、戦車砲でもC10爆弾でも傷一つつかない。

地下から逃げるべく重機を使った結界ギリギリでの掘削作業も、球形結界ゆえに断念。

ライフラインが無事なのはよかったが、妖魔特区と同じならばやがて建物は風化し、倒壊する。

それまでに、妖魔の魔の手からサンフランシスコ市民を助けなくてはならない。

「ゴーグル‼私はキャンプ千歳に戻る。ヘキサグラムはどう動く？」

「アメリカへの帰還命令は出ていませんので、この地での任務を続けるだけです」

十二丁目セーフティエリアでの話し合いののち、クロム大佐は部下を引き連れて妖魔特区付近から撤退。

ヘキサグラムは作戦任務続行のため、この地での活動を継続。

そして第六課と特戦自衛隊も、国内での活性転移門対策のために現状維持だってさ。

「はぁ。これって、俺が日本に戻らないでサンフランシスコに向かっていたら、まだ対策はできていたんだろうなぁ」

ため息をついてしまうが、だからといって日本を見捨てるわけにはいかないからね。

これには新山さんも先輩もうなずいているから、俺の判断も間違いじゃない。

ただ、なにもかもタイミングが悪すぎた。

「ここの対策については第六課と特戦自衛隊に任せて、いったん、カリフォルニア経由でサンフランシスコに向かうしかないか」

俺がボソッと呟くと、御影さんが頭を振っている。

「いや、乙葉たちは日本国内での緊急時対応のために待機してほしい。サンフランシスコの件は、アメリカに任せておけ」

「いやいや、ちょっと待った‼ヘキサグラムで対応できるのか？ ここの結界と同じもので、さらにでかいものが都市全体を包んでいるんだよ？ 出ることもなにもできないじゃないか」

「乙葉なら出口を作れる。それぐらいはわかるが、そのためにアメリカに向かったとき、日本になにかあったら誰が日本を守る？」

——プチッ
そりゃあ大人の理論だよ。

たしかに、自慢じゃないが妖魔特区クラスの結界なら出口ぐらいは作れるさ。

だから、それを作って市民を避難させるための手伝いをするだけなのに。

俺に、ここでサンフランシスコを見捨てろっていうのか‼

「くっそ。俺だけじゃ手が足りないわ。頼みの綱の祐太郎も白桃姫もいない……前に立って戦える人間が、足りなすぎ……って、待った待った、つまりはあれだろ、俺の代わりに戦えるやつがいるのなら、俺はサンフランシスコで結界に穴を開けに行けるんだな？」

俺がそう叫ぶと、先輩や新山さんはアチャーって顔している。

これはあれだ、とんでもないことをやらかすって顔しているのであって、反対したい顔じゃないわな。

そして忍冬師範もわかったらしく、慌てて俺の近くに歩いてくると、耳元でコソコソと話しはじめる。

（浩介、まさかとは思うが）

（蛇の道は蛇ですよ。表立って出てこれないのなら、変装なりなんなりして手伝ってもらうしかないでしょう？）

そう。

ここは、かつて最強の一角だった、初代魔人王が八魔将の方々にご推参願うことにしましょう。

俺と忍冬師範のこそこそ話の中でも、御影さんはどこかに連絡をしているし。

まあ、あとは直接俺がお願いに向かうしかないからなぁ。

○　○　○　○　○

——夕方・札幌市円山・喫茶九曜
「……なるほどなぁ。つまり、浩介がサンフランシスコの結界に穴を開けて戻るまで、我々に妖魔特区の監視をお願いしたいということか？」

俺と新山さん、瀬川先輩、忍冬師範は喫茶・九曜にやってきた。

サンフランシスコの市民を見捨てることなんてできないし、だからといって日本を疎《おろそ》かになんてできない。

この二つのバランスを取るためには、俺が守りか攻めのどちらかに徹して、足りないところを他の人に任せるという策に出るしかない。

そして、現時点で結界に出入り用のゲートを作れるのは俺だけ。

つまり、ここの留守をお願いするしかない。

「無理は承知です。ちなみに日本国政府は、俺がサンフランシスコに行くことについてはいい顔をしないでしょうけれど、知ったことではありませんので」

「ふむぅ。乙葉が頭を下げるまでの状態か。チャンドラ、どうする？」

「俺としては、息抜き程度に手伝うのならかまわんと思うぞ。変装じゃなく、魔族モードに戻ればいいだけだからな」

「私も同意。基本的には十二丁目セーフティエリアでの情報収集の護衛ということなら」

羅睺さんの問いかけに、チャンドラ師匠も計都姫もやる気満々。

そしてそばで聞いていた綾女さんは、ニコニコと笑っている。

「二人はあれだろう？　ここで乙葉に貸しを作っておいて、魔力玉を貰いたいってことじゃないのかえ？」

——ドキッ‼×五名
綾女ねーさんの突っ込みに、カウンターの中の蔵王さんやハルフェさんまで挙動不審になっている。

あ〜。喫茶・九曜の全員が、そう考えていたのですね。

「日本政府としても、今回の協力については報酬を支払う。それと、皆さんの正体についても隠しておくことをお約束する」

「忍冬さん、我々の正体については、あなたが乙葉浩介の知り合いだから明かしたと思ってくれてかまわない。逆に、日本政府にも我々の正体は知られては困る」

「それもお約束します。すべて第六課の、私の胸の中に秘めておきます。報告には『協力魔族への報酬』という形で申請します」

「よかろう。それならば、協力するとしようじゃないか」

上の話し合いは終わったらしい。

あとは、俺たちの作戦になるんだけどさ。

「今回、サンフランシスコに向かうのは俺一人です」

「却下（です！ね？）」

「だよね」

「乙葉くん一人で、危険なところに向かわせるなんてできません」

「情報担当、回復要員。この二人は必要じゃないかしら？」

うーん。

これは困った。

最悪、黒龍会を相手にする可能性もあるんだけどさ、そうなると前衛が足りないわ。

だからといって、ボルチモアのミラージュやクリムゾンさんに手を借りるのも違う。

そっちはフラットさんの守りに徹してもらわないとならないからね。

「ま、まあね。でもさ、万が一の場合、二人を守り切れる自信が……ないこともないけど、危険だよ？」

「私は深淵の書庫《アーカイブ》があります。それに新山さんだって、身を守る術ぐらいはありますよ」

「大丈夫‼ミーディアもありますから‼」

フンスと、両手をぎゅっと握って力強く告げる新山さん。

その瞬間に、彼女の左右に『ミーディアの楯』が出現して……うわぁ、チャンドラ師匠と羅睺さんが泡を吹いてぶっ倒れた！

「小春。それは勇者の伝承装備、ミーディアの楯。あなたは勇者？」

計都姫が、努めて冷静に問いかけている。

いや、よく見ると体は震えているし、声もかすれているように感じる。

「ち、違います、これはその、そう、装備だけ借りたのです」

「そっか。それならいい」

あ、いいんだ。

「ということですので、私も乙葉くんに同行します」

はぁ、こうなると二人は引くことを知らないからなぁ。

「了解だよ。忍冬師範、ヘキサグラムに連絡して、俺がいうものを用意してもらってください。ゲートを作るためのフレームですけど、先に用意して貰えば、あとは俺が魔力を付与しますので」

「わかった。それじゃあ、すぐに手配する」

「俺たちは、明日からでも妖魔特区に向かうとする。忍冬さん、そのあたりの話もつけておいてくれるかね？」

「わかりました。急ぎ手配しておきます」

うんうん。

話が早いということは、非常に楽でいい。

すぐに向かいたいところだけど、ゲートを作るために必要な魔導具を用意するので、出発は明日の午後。

ということで、今日は無事に解散となりましたとさ。

え、気絶したチャンドラ師匠とマスター・羅睺？

計都姫に、お、ま、か、せ。

○○○○○

――永田町・首相官邸

サンフランシスコが結界に包まれた日。

アメリカのパワード大統領から、日本の天羽総理にホットラインが繋がった。

その話し合いの内容は、現代の魔術師の派遣要請。

彼にサンフランシスコ結界を破壊してほしいという高難易度の要請であったものの、日本政府の回答は『保留』。

サンフランシスコ市民を助けるという人道支援としては、これは受けるべきである。

だが、その結果、日本が同じような窮地に陥ったとき、すぐに対処できるものがいないと被害が広がる。

それゆえに、日本としては乙葉浩介に国外へ出られると非常にまずい。

また、同じような事象がアメリカ以外で起こった場合、そのつど、高校生である彼を世界各国に派遣するというのも問題がある。

「ふぅ。本当に、魔術師が彼以外にもいてくれたなら、こんなに胃が痛くなる思いをすることはなかったのだがなぁ」

ホットラインを終えてから、天羽は机の上の書類をチラリと見る。

次の国会での審議の一つ、『日本国・認定魔術師システム』。

これにより彼らの人権を保護する。

決して国家公務員のように縛り付けるのではなく、また、日本からの強制力もない、本当に身分を守るためのシステム。

現時点では、日本国内で認定魔術師としての資格を有する予定者は八名のみ。

魔術師　『乙葉浩介』

魔闘家　　　『築地祐太郎』
聖女　　　　『新山小春』
魔導分析家『瀬川雅』
陰陽師　　『安倍緋泉』
呪符師　　『井川綾子』
闘気使い　『忍冬修一郎』
精霊使い　『要梓』

現時点では、八名の魔術師が存在することまでは突き止めてあり、彼ら以外にも複数名、乙葉によって覚醒した可能性があるという報告も上がってきている。

過去に陰陽府があった時代は、安倍緋泉ら巫術師の系譜のみが魔術師として知られていた。

それでも、実際に魔術が使えたのは安倍緋泉とその弟子の井川綾子のみ。

闘気使いなど表にあらわれてはいなかったし、なによりも乙葉浩介たちのような強靭な能力など持ち合わせてはいない。

表に出ていないフリーランサーの存在もあったが、日本政府としては正確な人数は把握していない。

それゆえに、名簿の最初に記された四人が桁違いな存在であることは事実であり、彼らを守るための法案であるともいえよう。

「乙葉浩介の魔術理論、それを理解できたのは現時点では御神楽さまのみ。可能なら、彼にもっと魔術を広めてほしいところなのだが……」

彼らが通う高校で、築地祐太郎が希望者に闘気コントロールのレクチャーを行なっていることも、新山小春や瀬川雅が知人たちに魔力コントロールを教えていることなど知らない。

ましてや、彼らの同級生や先輩が魔術師となったことも。

将来的には、まだまだ魔術師は増えるだろう。

そのためにも、今は彼らを守るための法案を作るのが先決。

——プルルルル
そして電話が鳴り響く。

札幌市の特戦自衛隊からの報告内容は、乙葉浩介、新山小春、瀬川雅がアメリカに再び向かうということ。

これを阻止しなくては、万が一にも外国でなにかあった場合、国益が失われるということを報告しているのだが。

そもそもサンフランシスコ結界が発生した時点で、国内からの渡米については制限が行われることとなっている。

明日以降、日本からアメリカへ向かうすべての便を停止し、渡米希望者についても緊急用件以外は許可が出ないことになっている。

「……乙葉浩介たちの渡米については、緊急事態ということで許可しろ。国益よりなにより、アメリカからの要請だ、人命がかかっていることも忘れるな」

そして、彼らの安全のために護衛をつけるようにという指示を出してから、天羽は受話器を置いた。

「動きが早い……情報担当の魔術師がいるだけで、ここまで動きが早いとはな」

今更ながら、天羽は乙葉浩介たちの行動力の高さに呆れる。

これが普通の高校生なのかと思ってしまったが、魔術師である彼らはもう普通の高校生という括《くく》りにしてよいのかと、頭を抱えることとなってしまった。

第二章　伝説の都と、魔都サンフランシスコ

三思後行？　そうは問屋がおろさない（気さくなスケルトン）

時間は少し遡る。

――バミューダ諸島・バミューダ国際空港外
乙葉浩介たちと別《わか》れた築地祐太郎は、自身の魔障中毒を回復できる相手、冥王と会うために、イギリス領バミューダ諸島へとやってきた。

同行者は白桃姫、有馬沙那、唐澤りなの三人。無事にバミューダ国際空港へと到着した一行は、ここから有馬祈念の開発した『魔導ホバークラフト』を使用し、バミューダ・トライアングルへと向かう。

祐太郎の魔障中毒を回復できるのは、元十二魔将第九位、冥王のプラティ・パラティのみ。

その情報を頼りに、バミューダ諸島の地を踏んだところまではよかったのだが。

「……暑い。洒落にならないぐらい暑いぞ」

「りなちゃん、ぎばっぷです‼」

「ええ、私もギブアップしたくなりますね。白桃姫さんは、暑さは平気なのですか？」

沙那がなにもない空間に問いかけると、周囲に霧が発生し、それが集まって人の形を形成。

やがてそれが白桃姫の姿をとると、肩をゴキゴキッと鳴らしながらひと言。

「この体じゃと、少し暑いのう。本当に、肉体を持つとこういう時は不便じゃなぁ……して、ここが話に聞いたバミューダとやらなのか？」

「ああ。ここから先は、港からホバークラフトで沖に出る……」

「築地先輩‼無事到着したから、先輩たちに連絡します‼」

すぐさまりなちゃんがスマホで連絡を取ろうとするが、電波が届かない。

「あ、りなちゃん、衛星電話の契約をしていないと無理よ。念話で話をしないと……あら?」

沙那がりなちゃんに代わって連絡を取ろうとするが、その念話すら繋がらない。

これはなぜだろうかと祐太郎の方を向いたとき、白桃姫も異変に気がついた。

「築地や、このあたりは念話が使えぬぞ……いや、正確には、スマホとやらも使えぬようじゃな」

「なんだって? マジか。いったいどういうことだ?」

すぐさま身構えて周囲を見渡すが、先ほどまでいたはずの観光客や現地の人たちの姿が消えている。

正確には、自分たち四人以外の人影が、一切合切消えていた。

「これは、次元結界の中か? いや、それなら壁や空が虹色に輝いているはずだが……」

「ふむ。どうやらここは、冥王の支配領域のようじゃな。きゃつの能力の一つ、選ばれたもののみが入ることを許された空間、冥王の支配する世界じゃよ」

「支配領域? それってつまり、バミューダ・トライアングルではなく、このバミューダ諸島もすでに冥王の支配下にあるっていうことか?」

慌てて周りを見渡す。

祐太郎は闘気感知能力で周囲に魔族反応がないかを調べてみるが、今のところ感知範囲内には白桃姫以外に魔族の気配は存在しない。

同じようにりなちゃんと沙那も自分たちが使える感知能力で調べてみるが、なにも感じ取ることができなかった。

「そのようじゃな。ほれ、段々と霧が濃くなりはじめているじゃろ? これはあやつの支配する『霧の王国』が姿をあらわす予兆じゃよ」

たしかに、周囲に霧が発生しはじめると同時に、祐太郎とりなちゃんは倦怠感を生じ始めている。

まるで、自身の生気が吸い出されているような、そんな感覚をもちはじめていた。

そして霧が濃くなり、視界が悪くなってくると、遠くからなにかが転がっているような音が聞こえてきた。

――ガラガラガラガラ

ゆっくりと近寄る存在。

白桃姫以外の三人が音のする方角に目を凝らしたとき。

ヌワッと突然、馬車が姿をあらわした。

四頭立て馬車が一台。

ただし、馬車を引いている馬は骸骨馬であり、御者台に座っているのも、綺麗な身なりをした骸骨御者である。

そして祐太郎たちは馬車の進路を塞がないように立ち位置を変えるが、馬車は祐太郎たちの真横で静かに停止した。

——スチャッ
馬車から降りた御者は、白桃姫を見て丁寧に頭を下げる。

「プラティ・パラティさまのご命令により、お迎えに参りました」

「うむ。あやつはどこにいるのじゃ？」

「王都。そう答えるようにと仰せつかっております」

「よかろう」

御者の返事に軽くうなずいてから、白桃姫は祐太郎たちをチラリと見て。

「このものたちは、妾の友達じゃ。一緒に連れて行ってかまわぬか？」

「はい。皆様もお連れするようにと仰せつかっております」

頭を下げた御者は、すぐさま馬車の扉を開く。

「ここから王都までは、結構な道を進まなくてはなりませんので」

「結構な道、ねぇ。何日ぐらいなんだ？」

「三日ほどで、到着しますれば。では、出発します」

——ガラガラ
全員を乗せた馬車が、ゆっくりと走りはじめる。

街道を進み港に出て、そこから海上を沖に向かって走り続ける。

もしもここに乙葉浩介がいて、事情をすべて聞いたとしたら、すぐさま魔法の箒で移動を開始していただろう。

ただし霧の都の場所がわからないので、ゴールすることはできない。

そのため、御者に案内してもらうのが一番近道なんだろうと、祐太郎は半ば諦め顔で馬車に乗っていた。

そしてそれは沙那やりなちゃんも同じ。

「帰りは、乙葉先輩たちよりもかなり遅くなりそうですね」

「そうだなぁ。それならそれで、連絡したいんだけどなぁ」

スマホも念話も、すでに届かない。

こうなると開き直った方が勝ちと自分自身に言い聞かせつつ、祐太郎たちは馬車でのんびりとした時間を過ごすことにした。

○○○○○

——三日後
馬車の前方に、直径十メートルほどの黒い球体が見えはじめた。

そこに向かって馬車が進むと、なにも躊躇《ちゅうちょ》することなく黒い球体に飛び込んでいった。

——ブゥン
球体の向こうは、綺麗な都。

霧が立ち込めていること、そして行き来している人々がスケルトンであることを除けば、ここはまさに霧の都ロンドンのような雰囲気を醸《かも》し出している。

「なあ白桃姫。冥王って、どんなやつだ？」

「まあ、そうじゃなあ……少しずれた思考を持つ真面目な社畜。こう説明したら、理解できるかや？」

「タチが悪いわ。常識はあるのか？」

「魔族としての常識はあるが、こっちの世界の常識など知らないと思うぞよ」

「そうか……最悪のパターンにならないことを祈るよ」

そう白桃姫と祐太郎が話し合っている前では、りなちゃんと紗那が窓の外を見て興奮している。

海藻の林、そこに見え隠れしている戦闘機や船の残骸。

ミリオタならばすぐさま馬車を止めて駆け寄っていくレベルの貴重な戦闘機まで、あちこちに見え隠れしていた。

「ほら、りなちゃん、あれは第二次世界大戦時にアメリカが保有していたＴＢＭアベンジャー雷撃機ですよ。しかも、無傷で五機も並んでいるなんて……あっちは、ええっと……ＰＢＭマリナー飛行艇ですね。一機だけ、しかも陸に駐機しているなんて」

一つ一つの戦闘機を説明する沙那。

その話を興味津々に聞いているりなちゃんが、次に指さしたのは丘の上の船。

「沙那ちゃん、あの船は？」

「ええっと……船体に記されている名前は……【來福丸】って書いてありますね。これは私の知らない船ですし、その向こうにも凄い量の船が泊まっていますね」

沙那とりなちゃんの二人が見たのは、かつてバミューダ・トライアングルで消息を絶った戦闘機や船である。

それらは帰ることなく海の藻屑《もくず》と消えたと信じられていたのだが、まさかバミューダ・トライアングルの中の、冥王の支配地域に存在しているなど誰も予想していなかったであろう。

「おいおい、來福丸まであるのかよ。それじゃあエレン・オースティン号やメアリー・セレスト号も存在するのか？」

「築地先輩、その二つは乗組員たちだけが消息不明になっただけです。船はしっかりと戻っていますよ」

「そ、そうか……」

シャナに突っ込まれて少し動揺するものの、すぐさま頭の中を切り替え、白桃姫の方を見る。

「ん？　なにかあったのかえ？」

「いや、今から冥王とやらに会うのに、緊張もしていないんだなぁと思っただけだ」

「あやつと会うだけなのに、緊張などするはずがなかろう。むしろ、あやつが緊張しておると思うぞ」

カンラカンラと笑う白桃姫に、祐太郎も緊張の糸が解けていく。

そして馬車は巨大な王城の中に入っていくと、四人は馬車から降ろされて、王座の間へと案内された。

「おお、やはり白桃姫ではないか。久しぶりだな、実に五百年ぶりではないのか?」

王座に座っていた『黄金に輝くスケルトン』が、カラカラと笑いながら白桃姫に駆け寄っていく。

「そうじゃなぁ。第三次大侵攻以来じゃからなぁ。元気そうでなによりじゃ」

「うむうむ。まあ、立ち話もなんだから、ここに座るがいい。誰か、ティータイムの準備を‼」

王座から離れた場所、ベランダの外に置かれていたテーブルに全員が移ると、つぎはぎだらけの『フランケンシュタインの怪物』のような美女が、ティーセットを持ってくる。

「さて、そこの者たちは初めましてだな。我は、元十二魔将第九位、冥王のプラティ・パラティという」

「俺は築地祐太郎だ。お会いできて光栄です」

頭を下げて挨拶をし、がっちりと握手を交わす祐太郎と冥王。

そして沙那やりなちゃんも挨拶をすると、冥王は二人を見てウンウンとうなずいている。

「沙那はあれだな、ファウストの作りしオート・マタだな。その内部の魔導核は、我が調整してメフィストに持たせたものだ。千二百年は生きていたらしいベヒモスの魔導核じゃから、調整には手間取ったからな……そしてそちらは、山猫族の娘か。其方《そなた》の先祖は、一時は我が軍勢に所属していたからな。うん、実に久しぶりだ」

笑いながらティーポットから紅茶を注ぐ冥王。

「これはバミューダの街で買ってきた紅茶でな。そこそこに値の張るものだったから味については保障する。こっちの菓子は、我が軍勢が買い物に出かけて買ってきてくれたものだ」

「……あ、あの、話の途中で申し訳ないのですが」

いつまでも話し合いにたどりつかないので、祐太郎は小さく手をあげて、冥王に話しかける。

そのタイミングで祐太郎の前にも紅茶とケーキが並べられたので、まずは軽く一口飲んでから、話を再開することにした。


………

……

：

「俺の魔障中毒を治す方法を教えてほしい」

少しだけティータイムを楽しんでから、祐太郎は冥王に本題を切り出す。

すると、冥王は『わかっているぞ』という表情で祐太郎を見てから、ひと言。

「我の暗黒魔術なら、君の魔障中毒を治すことはできる。だが、かなり浸透しているので、数回に分けて術式を施さなくてはならない。一度や二度で終わらせてはダメだ、治すならしっかりと時間をかけなくてはならないぞ」

「だそうじゃ、祐太郎や、よかったのう」

白桃姫も嬉しそうに話してくれるので、とりあえずはこの件は一段落しそうだと、祐太郎は思ったのだが。

「それで、治療の代価は？」

「か、金ならいくらでも払う。魔力玉でよければ、俺が作れる限り作り出す。それでも足りないか？」

テーブルに前のめりになりそうな勢いで話している祐太郎だが、冥王は腕を組んで考え込む。

「ふぅむ。金については興味がない。我が支配領域には、金銀財宝を積み込んだ船も大量にあったからなぁ。そして魔力玉とやらにも興味はない……」

「なら、なにか望むものはありますか‼」

そう祐太郎が問いかけると、冥王は口角を釣り上げてニイッと笑った。

「貴様の、時間が欲しい……」

この言葉がなにを意味するのか。

それを知ったとき、祐太郎は呆然とするしかなかった。


天長地久！ 盲亀の浮木となればよし！ （新天地？ いや、虎の穴だわ）

鏡刻界《ミラーワーズ》には、さまざまな種族が存在する。

それは神の悪戯なのか、地球のホモ・サピエンスのような外見を持つ知的生命体もいれば、ゴブリンのように知性の低い亜人も存在する、一種、異様な世界である。

地球人のような平均年齢六十歳前後の種族は『コモン』と呼ばれており、これが世界の大半を占める人間を意味しているのに対し、定命ではない種族も中には存在する。

それが、精霊やエルフ、そして精神生命体である魔族である。

共に仮初の肉体を持ち、種族によるタブーはあるものの人間のような食事をとることができる。

ただ、霊体であり精神体である彼らは、他の種族とは異なり時間の概念がかなり麻痺している。

成人するまでの時間すら人間の十倍近くかかるため、人間との話の中では常に齟齬《そご》が発生している。

それゆえ、彼らは人間世界になじむことはなく、自分たちの領土や大陸から出ることはほとんどない。

それでも、新天地を求め好奇心に揺り動かされたもの、人間の文化に憧れたものなどは慣れし故郷を旅立つ……。


………

……

…


「と、まあ。我々魔族と人間の時間概念がここまでずれていることは理解できたかな?」

バミューダ・トライアングル内、霧の都。

その王宮で俺たち四人は、冥王の話に耳を傾けている。

もっとも白桃姫は向こうの世界の住人なので、やれやれまたか、という顔で話を聞いているのだが。

沙那さんとりなちゃんはフムフムとうなずいている。

「ずれているのは理解できた。その上で、治療の代価に時間をよこせというのは、どういう意味なんだ?」

「まあ、ありていに告げるなら、後継者育成。そう、修行だよ‼」

瞳……はないけど眼窩をキラーンと輝かせながら、冥王が力強く叫んだ。

いや、後継者？

え？　俺？

俺は闘気法しか使えないから、暗黒魔術なんて無理だぞ？

そういうのはオトヤンの仕事じゃないのか？

「つまり、俺は冥王に弟子入りして修行を開始。冥王は修行と並行で、俺に治療を施してくれるということでいいのか？」

「待て築地。こやつの修行は洒落にならぬぞ？　十二魔将でもトップクラスの修行バカじゃからな」

「バカとはまた。否定はせぬがな……」

——ズズズ
ティーカップを口元に運び、一気に飲み干す冥王。

その口から入った紅茶は、骸骨ボディのどこに流れていくのか教えて欲しいんだが。

「そこまで酷いのか？」

「うむ。百道烈士《くどれっし》を覚えているじゃろ？　あやつが三日で逃げたレベルじゃ」

「……はぁ？」

百道烈士《くどれっし》って、あの妖魔特区で新山さんを殺した挙句、オトヤンを殺しかけたやつだろ？　あの肉体バカというか、近接特化魔族。

それが逃げるほどの修行……まあ、魔術について百道烈士《くどれっし》は専門じゃなかったからなぁ。

そりゃあ、専門外のことをスパルタレベルで叩き込まれるのなら、逃げるわなぁ。

さて、ここがバミューダ・トライアングルでそこを統べる王が冥王ならば、確認しないとならないことがある。

「冥王に聞きたいんだが。このバミューダ・トライアングルで起きた事故、すべて冥王の仕業なのか？　人間の生気を得るために、大勢の人間を殺したのか？」

ここ重要。

人間に敵対する存在なら、俺は魔障中毒が治らなくてもかまわない。

そんなやつに師事する気など毛頭ない。

「元々、ここを支配していたのは『霧の王』という伯爵級魔族でな。第二次大侵攻の折に逃げ延びて、この地に自分の世界を作っていたやつだ」

「ほう、霧の王か……確か百道烈士《くどれっし》の親にあたる貴族じゃったな。先代の暴食じゃったと思ったが」

冥王の言葉に、白桃姫が驚いている。

まあ、そのあたりの人の繋がりも複雑なんだろうなぁと覚えておくか。

「我がこの世界に来て四百年ほど。世界を旅し、腰を据える場所を探していた……そして、この地にたどり着いたのは七十年ほど前だったな……」

「なんだ、ここに来てまだ百年もたってないのかよ」

「うむ。ここは我の故郷と環境が似ているからな。話し合いで霧の王から、この地を譲り受けた。まあ、やつの張り巡らした霧の結界は我の暗黒魔術とは異なるゆえ、我ではうまく制御できないゆえに、今でもときおり、迷い人が来ることがあるが」

その説明ではまだ納得できないのだが、沙那さんがポン、と手を叩いた。

「近年に起きているバミューダ・トライアングルでの消息不明事件、ほとんどの人が生還しているのはそういうことなのですか?」

「オート・マタの少女は察しがいいな。我が欲する生気は『動物』のもの。人間種の生気は、我には不味くて食えたものではない……我は、魚が好きでな」

「はぁ。相変わらずの偏食じゃなぁ」

「はっはっはっ。人それぞれに嗜好が存在する。つまり、築地とやらの懸念している『人間を殺したのか?』という意思については、必要以外はノーと告げよう」

「必要以外? それって食べるとかじゃなく?」

「我を殺しに来た魔術師は半殺しにして追放した。まあ、運がよければ生きているだろうが。人間だって、降りかかった火の粉は払い落とすであろう?」

うーむ。

過激であるのは否めない。

けど、それも向こうのルールならいいのか？

でも、こっちの世界だからなぁ。

そんなことを考えていたら、オトヤンの件を思い出す。

それと照らし合わせても、黒ではないが白ではない。限りなくグレーに近い白ってところか。

それに、ここ以外で俺を治療できるところがあるのかというと、現時点では皆無。

腹を括るか。

「よし、その修行とやらを頼む。それだけど、俺は魔闘家であって魔術師ではない。魔術の修行となると経絡を書き換えなくてはならないんだが、それは俺の望むところではない。そのあたりは、どうなるんだ？」

「……ん？　我、お前に魔術を教える気はないが？」

「「「……？？」」」

冥王のひと言に、俺たち地球人三人は頭を傾げる。

「我がお前に教えるのは『暗黒闘気』。経絡を用いる闘気体術のさらなる上じゃからして。よし、それじゃあ早速、修行をはじめるとしようじゃないか‼」

——パチン
冥王が指を鳴らすと、俺の首にごっつい首輪が生み出された。

「こ、これはなんだ？」

「魔障を吸収する吸魔石が組み込まれた首輪じゃな。まずは治療の第一段階、それをつけて一ヶ月ほど過ごしてもらう。そのあいだに修行も行う……今日のところは、観光でも楽しんでくるといい‼」

——パンパン
冥王が手を叩くと、骸骨メイドがやって来る。

「この方たちを客間へ。長期滞在となる予定だから、失礼のないように」

そう説明してから、冥王が手の中に炎を生み出し、メイドに向かって投げつける。

それが彼女？の頭の中に吸い込まれると、みるみるうちに体が形成され、人間のような体が作り出された。

「うわぁ‼骸骨がメイドになった‼」

「りなちゃん、そこは驚くところなの？メイドの骸骨が人間になった、じゃないの？」

「それだ‼」

頭を抱える沙那さんと、楽しそうなりなちゃん。

そうか、純正の人間って俺一人か。

「まず一ヶ月か。実家やオトヤンたちに連絡しないとならないんだが、ここからはすべての通信や念話が届かないんだが」

「それが霧の結界の能力の一つだからな。ここに紛れ込んだものは、外界との通信が完全に途絶える。王の許可なきものは出ること叶わず、この霧に包まれて溶かされ、食われる……というのを、我が改良して結界能力の強化に切り替えた。まだまだ改良の余地はあるのじゃがな」

「はぁ。つまり、ここを出るまでは外に連絡ができないのかよ」

頭を抱えていると、俺の肩をポン、と叩いてサムズアップするりなちゃん。

「私と沙那ちゃんは帰るから‼お手紙をお届けに行ってきます‼」

「学校を休むわけにはいきませんので。言伝がありましたら、皆さんにお伝えします」

「妾は、今しばらくはのんびりするとしようかのう。沙那とりな坊も、すぐに帰る必要はあるまいて……二人には、妾が修行をつけてやろうではないか」

――げっ‼

白桃姫の言葉に、沙那さんとりなちゃんが驚いている。

まあ、白桃姫の修行って、洒落にならないからなぁ。

「それは羨ましいな。白桃姫は現行の魔族の中でも最強の一角だからな」

「怠惰の無敵モードがあるからなぁ」

冥王の言葉に、俺も相槌を入れたんだけど、冥王は俺を見てひと言。

「いや、無敵モードじゃなくなった白桃姫は、洒落ならないからな。桃撃羅漢百二十八連掌、いまだ無敗の必殺技だからな」

「……まじかよ」

「二代目、三代目魔人王も、白桃姫が辞退したからこそ王位に就くことができた。初代と互角の力を持ち、本気の三鬼狼が三人がかりでも勝てなかった相手だからな」

ゴクッ。

思わず息を飲んでしまう。

それほどまでに、白桃姫が強いのかよ。

「そうそう、冥王や、妾も其方も、十二魔将を解雇されたからな」

——ブーッ!!

飲みかけの紅茶を力いっぱい吐き出す冥王。

あれ？

さっきの自己紹介のとき、自分で元十二魔将って言ってたよな？

「そこは、驚くことなのか？　さっき自分で元って付けていただろう？」

「いや、裏地球《リヴァース》に帰れなくなった我は、もう十二魔将を首になったと思っていたからな。だから、我が元といったのは理解できると思うが、なぜに白桃姫まで解雇されたのだ？」

あ、驚いたのは、そういうことか。

「なぜもなにも、フォート・ノーマがマグナムに殺されたからな。じゃから、まもなく魔人王継承の儀が始まるぞ」

「それで、十二魔将の何人がマグナムについた？」

「……誰もおらん。おらぬから、やつは妾の友達である乙葉浩介を配下に加えようとしておる」

「……誰、それ？」

「この引きこもり魔族があ!!　いいかよく聞くのじゃ!!」

そこから先は、白桃姫がオトヤンたち、つまり俺たちとの関わりがどのような流れであったのかを説明しはじめた。

それを必死に石板にメモする冥王。

次々と石板が積み重ねられていくのは、実に不思議な光景だよなぁ。

そして一時間ほどで話は終わったらしく、冥王の瞳？がメラメラと燃えている。

「そうかそうか。マグナムが動くか。よかろう‼築地よ、お前の修行は超絶短縮授業に切り替える。十年ほどで終わらせようと思っていたが、さらに短縮‼」

「待て待て、最初は十年だったのかよ‼」

「たかが十年ではないか？」

「「「うわぁ……」」」

これだから、時間の概念のない存在は。

「暦はあるか？」

「こちらを」

執事のようなスケルトンが粘土板を持ってくる。

それをじっと眺めてから、冥王がひと言。

「う、うむ。なる早で仕上げるとしよう」

「なる早って……」

「あの、冥王さまにご質問、よろしいですか？」

ここで沙那さんが、そっと手をあげる。

「かまわぬが。なにかな？」

「冥王さまも白桃姫さんもそうなのですけど。私たちの世界の言葉や言い回し、固有の単語を使うことがあるのはなぜですか？」

「……はて？」

白桃姫は頭を捻る。

「ああ、オトヤンの翻訳スキルって、向こうの世界の言葉を適切に変換するんだけどな。そのときに、訳のわからない変換をしたり、固有名詞や方言、諺《ことわざ》とかはこっちの世界にある似たようなものに変換したりされるから」

これは以前、オトヤンに聞いたことがある。

実にファジーな変換なんだけど、オトヤンに加護を渡した神様の能力も関係しているんじゃないかって話していたんだよ。

「なるほど、理解しました」

「うむ。我の説明は不要じゃったか。まあ、補足を加えるならば、この鏡刻界《ミラーワーズ》と裏地球《リヴァース》、この世界は常に『中間世界』によって繋がっている。そこを通じて、知識や文化などは知ることができるのだが」

「「「中間世界？」」」

冥王の言葉なのに、なんで白桃姫も驚く？

「なんじゃ、白桃姫も知らなかったか」

「それって、封印大陸などではなくてか？」

「「「封印大陸？」」」

今度は俺たちと冥王が驚く。

いや、俺たち人間はどっちも知らないんだけどさ。

それって説明してくれるのかよ？

一蓮托生、狭き門より入るしかない（家宝は寝てまて）

中間世界と、封印世界。

俺たちの地球が、白桃姫たちの住む鏡刻界《ミラーワーズ》と対の存在であるのは理解している。

二つで一つの、神々が作った世界だという話も聞いた。

それなら白桃姫の話していた封印世界と、冥王の話していた中間世界とはなんなのか？

この世界、まだいくつもの世界が存在するのか？

「う～む。妾の話した封印世界とはな、魔族の神であるファザー・ダークの体が封じられた世界じゃな。一つの世界を丸々封印媒体とした、神威による多重積層封印。それが封印世界。封印大陸とも呼ばれておる」

「……我、そのような存在は知らなかったのだが」

白桃姫の説明に、冥王が顎をカクーンと開いて呟く。

いや、口が無いというか骸骨で、声帯もないのに話ができているのだから、顎が外れた程度では喋れなくなるはずはないんだけどさ。

「そりゃそうじゃよ。そもそも封印世界の話は、歴代の魔人王しか知らぬわ。王印に記された封印世界を開く鍵。それのありかも、それを解除する術式すら、王印には記されてあったらしいからな」

「それじゃあ、マグナムは王印を手に入れて魔族の神を復活させようとしているのですか‼」

沙那さんが問いかけるも、白桃姫は頭を振る。

「いや、それがのう……フォート・ノーマの所持していた王印は、いわば新しき王印。封印大陸の説明は記されていたらしいが、その場所や封印解除の鍵などは記されておらなかった」

「それらは歴代魔人王に語り継がれていたものであり、新しき王印には記されていない……というところか」

冥王が腕を組んで納得している。

なるほど、それってつまり、瀬川先輩の所持している王印にすべて記されているってことですよね？

危ねぇ。

「いかにも。妾がフォート・ノーマとサシで飲んでいたときに、やつが酒に酔って愚痴っていたからな。なんで俺には、封印世界の鍵も場所も知らされていないんだって……」

酒に酔って愚痴る魔人王。

なるほど、俗物過ぎで笑えてくる。

「つまりは先代魔人王亡き今、王印が失われてしまったのでマグナムがそれに気づくことはないと。やつが魔人王になっても、封印世界については白紙のままか。まあ、それなら安全だと考えよう」

「それでじゃ。プラティの言う中間世界とはなんぞよ？」

ここで冥王に問い返す白桃姫。

さすがに会話のスケールが違いすぎるので、俺や沙那さん、りなちゃんは聞き手のままでなにもできない。

「二つの世界に存在する、結界によって包まれた世界だな。どちらの世界にも存在し、どちらの世界からも行き来できる場所が『中間世界』。まあ、月齢や星辰の位置によって門が開いたり開かなかったりするのだが。この中間世界が二つの世界を繋ぐ鎖であり、鎖を通じて、文化や歴史、芸術などの一部が流失しているらしい」

淡々と説明するけど、それって凄いよな。

「ほう、それはどのような場所に存在するのか？」

「今の星辰だと、裏地球《リヴァース》に出入り口がある。やがて星辰がずれることで、出入り口が鏡刻界《ミラーワーズ》に切り替わる……ちなみにだが、魔族の儀式転移門は、この中間世界の扉の術式をモチーフにして作られておる」

「「「「なん（だと？ですって？じゃと？）」」」」

四人同時ツッコミ。

そりゃそうだ、いきなり転移門についての正体が出たからな。

「なるほどな。聞けば聞くほど、その中間世界とやらに行きたくなったぞ」

「行くもなにも、この霧の都も中間世界だが」

淡々と呟く冥王。

え、今、なんて言った？

聞き間違いじゃないよな？

「……ほう。この霧の都が中間世界とは。そして冥王の話ぶりからすると、中間世界とはここだけではあるまい？」

「察しがいいな。我の知る限りの中間世界は全部で四ケ所。アヴァロン、ムー、レムリアーナ、そしてここ。この四ケ所が、中間世界と呼ばれている四つの鎖だな」

一つ一つを指折り数える俺たち。

そして沙那さんの顔色が青くなっていく。

「あ、あの、ここ霧の都って、正式名称はなんと呼ばれているのですか?」

「やつの話では……確か、アトランティスとか話していたが?」

——ブッ
いや待って、そういうレベルの会話は俺じゃなく先輩やオトヤンのいる場所で頼む。

俺たちがいるここがアトランティスで、二つの世界を繋ぐ中間世界で。

そして星辰や様々な条件で入口が切り替わるってことだよな。

そう考えていると、白桃姫がポン、と手を叩いた。

「なんじゃ、中間世界とは『特異点』のことじゃったか。うむ、それならば、酒に酔っていたフォート・ノーマから聞いたことがあるぞ」

そのまま淡々と四つの世界について説明をはじめる白桃姫。

まあ、おおよその伝承については地球の者とそれほど変わらない。

ただ、それが実在しているということ、二つの世界を渡り歩いているということが、俺たちにとっては衝撃的であった。

「うう……アトランティスで、そこに住んでいる黄金のスケルトン……」

「りなちゃん、それ以上はいけないわ」

「ラ、ラジャ‼」

なにか危ないことを呟くりなちゃんを、沙那さんが静止する。

うん、そこは触れちゃいけない。

紗那さんが戦闘体形に変身したときの姿が、黄金のスケルトンと対で存在している黒いやつに似ているということも。

そっか、紗那さんの体内のコアもここで作られたんだったよな。

「のう冥王や。その星辰の変化じゃが、いつ頃始まるのじゃ?」

「先程終わったぞ。数刻前までは裏地球《リヴァース》と繋がっていたが、今は鏡刻界《ミラーワーズ》だな」

あ、あのなぁ。

そんなにあっさりと言われても、困るんだが。

それって、俺たちが日本に帰れなくなったってことだよな？

「冥土、次に霧の都が俺たちの世界に繋がるのはいつだ？」

「う〜む。それがよくわからんのだよ。長いときは十年単位で繋がっていたのだが、短いときは一週間ごとに変化する。条件がはっきりとしないので、私としてもうかつに出入りできなくてなぁ。じゃから、このアトランティスから外に出たことなど、ほとんどない」

「が、学校がぁぁぁぁ‼」

「お父さんに、なにも話していないのに‼」

まあ、りなちゃんたちはそうなるよなぁ。

俺としては覚悟を決めたので、このまま修行に突入するしかない。

「よし、次に俺たちの世界に繋がるまでは最短で七日だったよな‼それまでに修行を終わらせる‼」

「まあ、今日はゆっくりと休んで……明日の朝からでもはじめようではないか」

「あぅあぅ……宿題が終わってない」

「大丈夫よ、一週間なら大丈夫。最悪でも二週間以内に戻れたら、夏休みの終わりギリギリだからね」

必死にりなちゃんを励ます沙那さん。

「まあ、七日で繋がったのは、今から三十年ほど昔でなぁ。ここ最近は半年ごとだったかな？」

「「うわぁ‼」」

二人とも、もう諦めて俺と一緒に修行しようじゃないか。

白桃姫もやる気になっているからな。

〇　〇　〇　〇　〇

――イギリス、ロンドン

エリザベス・タワーに備えられているビッグベンが、ゆっくりと鳴りはじめる。

ウェストミンスターの鐘の音が響くと同時に、バッキンガム宮殿に勤めている『宮廷魔導士』のマルジン・エムリスは女王陛下に頭を下げた。

「ご報告します。アヴァロンの門が姿をあらわしました」

それは、イギリスの対妖魔機関にとってのトップシークレット。

対魔族戦に必要なミスリルの産出地であるアヴァロンは、この地球上には存在しない。

アヴァロンの管理者であるマルジン・エムリスのみが、彼の地へ向かうための鍵を所有している。

付け加えるならば、マルジンは地球人ではない。

アヴァロンに住むエルフ種であり、数少ない【ルミニース】の氏族。

精霊の加護を持つエルフであり、マルジンは四つの氏族の中でもアヴァロンに住む固有の種族の代表を務めている。

遥か昔の盟約により、アヴァロンのエルフたちはイギリスを魔族から守ってきた。

「アヴァロンがやってきましたか。もう何年ぶりになりますかねぇ」

「まだ四年です。あのときは十日ほど接続していましたが、今回はどれぐらいかかるのかわかりません」

「我が国の対妖魔機関には、すでに連絡をしているのですか？」

アヴァロンが開くことで、ミスリルが手に入る。

そのため、英国対妖魔機関は、アヴァロンが開くのを心待ちしている。

ここ数年は、日本に出現した『現代の魔術師』たちにより、対妖魔機関としての存在意義が揺らいでいた。

妖魔と戦う力はイギリスこそが最強である。

対妖魔用魔法金属ミスリルを精錬できるのもイギリスのみ。

ヘキサグラムへは情報供与の返礼として定量のミスリルを売り捌《さば》いているのだが、それも数が少ない。

だが、日本はどこからともなくミスリルを手に入れた。

英国対妖魔機関が日本に打診しても、その産出地などは一切聞き出すことはできなかった。

アヴァロンの門が閉じてから数年、対妖魔機関は新たな脅威との戦いのために、ミスリルを欲していたのである。

「すでに、アヴァロンへ向かうための十二名については、報告書が届けられています。今回も送り出すための人員を増やしてほしいという嘆願書と、魔術の継承についての嘆願書も届いていますよ」

「御言葉ですが。魔術の継承については、我々はこちらの世界に対しての干渉は行わないということで決着がついていたはずです」

アヴァロンは精霊魔術の秘技の眠る地。

常日頃から妖魔との戦いを強いられてきたイギリスにとっては、喉から手が出るほど欲しい知識である。

だが、アヴァロンの門が開かれた遥かな昔、この地の王との盟約により、一人の魔術師をブリタニアに派遣すること、選ばれし騎士たちにミスリルを与えることと引き換えにアヴァロンへの侵略を行わないこととなっている。

「ええ。そうなのですけど。日本に魔術師があらわれたのはご存知でしょう？　彼が東方の地にミスリルを齎《もたら》したことで、英国対妖魔機関も遅れを取りたくないと必死なのですよ」

「私たちには関係のない話ですね。そもそも、アヴァロンの秘技は精霊魔術、精霊力の希薄なこの世界では顕現することは不可能です。では、話を戻すことにしましょう」

そのひと言で話は終わる。

あとは淡々と、ミスリルの採掘についての説明、派遣される者たちのリストなどの確認と、事務的な部分を進めていく。

「これで結構です。この人数ですと、一日に持ち出せるミスリル鉱石は十二キロ。そこから精製して手に入るミスリル銀は、この世界での精製技術なら六百グラム程度でしょう」

イギリス式ミスリルソードは、刃の部分にミスリルを術式付与することで完成する。

この術式付与が曲者であり、具体的にはマルジンがミスリルを刃に蒸着することにより完成する。

その際に必要なミスリルは、一本につき十二グラム。

六百グラムだと五十本分の材料でしかなく、さらにすべてがミスリルソードに使われるのではないため、最終的には十五本程度の数しか作られない。

なお、乙葉浩介式と呼ばれているものは刀身すべてがミスリルであり、日本刀のように研ぎ込むことで完成している。

「ミスリルの精製についても、アヴァロンの技術が使えるとよいのですけど、って話がきていましてよ？」

「精錬術式は教えたことがあります。けど、誰もできなかったのは資質の問題。それに、ミスリルの精製はエルフではなくドワーフの仕事です」

「ドワーフさんがいたらよかったのですけどね。まあ、これ以上の無い物ねだりはしないように釘を刺しておきましょう」

そうマルジンの言葉に納得する担当官であるが。

実は、マルジンはミスリルの完全精製を行っている人物を知っている。

その人こそ、日本に住む『錬金術師ファウスト』の後継者である有馬祈念。

マルジンは英国との契約以外にも、有馬とは個人的に契約を取り交わし、定期的にミスリルを送り届けている。

それが魔族メフィストフェレスとマルジンとの約束であるから。

「では、よろしくお願いします。私はアヴァロンへ向かうための扉の準備をしてきますので」

軽く一礼してから、マルジンがその場を後にする。

それを見送ってから、英国女王は頬に手を当てて困った顔をしていた。

「本当に……どうしましょうかねぇ」


………

……

…


そして、困った顔をしていたのはこちらでも。

霧の都が地球から鏡刻界《ミラーワーズ》に門を切り替えたため、沙那とりなちゃんの二人は、夏休みが終わるまでに帰れるかどうか、かなり危険な状況にあった。

基本的に有馬博士は沙那については放任主義であるので、多少帰宅が遅れた程度では心配はない。

山猫族は十四歳で成人なので、りなちゃんがなにかをしても自己責任なので、これもまた問題はないかと思われるのだが。

「うわぁぁぁぁ‼」

王宮の一角、二人にあてがわれた部屋の中では、りなちゃんが机の前のテキストを見て絶叫していた。

「まあ、時間のあるときに宿題をしておこうと思って、ルーンブレスレットに纏めて入れておいたのは正解でしたね」

「沙那ちゃんにいわれて私も入れておいたけど、ここで勉強するとは思わなかったぁ」

午前中は宿題、午後からは自由。

そう帰還までのスケジュールを組み立てたものの、午後も白桃姫との訓練が詰め込まれている。

体が休まるのは夕方から、まるで学校に通っているのと変わらないスケジュールに、りなちゃんは崩壊寸前であった。

「あーそーばーせーろぉぉぉ‼」

今日はりなちゃんに、合掌。

暴虐非道！不倶戴天まで何メートル？（作業ですよ、簡単な作業……じゃねーよ！）

——時間と場所は戻る
成田空港。
ここから俺と瀬川先輩、新山さん、そして保護者として同伴することに（流れ的に決められた）忍冬師範の四人は、アメリカへと向かいます。
その目的は、サンフランシスコ・ターミナルの出現により閉鎖空間となってしまったサンフランシスコにゲートを作り出し、中に囚われている市民を救出すること……っていうか、救出その他はアメリカのヘキサグラムに任せる。

俺は用意されている資材を使って、札幌市妖魔特区の十三丁目ゲートと同じものを作るだけだからね。

「それで、なんで空港に燐訪《りんほう》議員がいるのですか？」

「当然、あなたを止めるために決まっているじゃない。アメリカのサンフランシスコ・ターミナルについては、日本政府とアメリカとの外交レベルでの折り合いはまだついていないのよ？　勝手に解決されたら困るのよ」

「……それは表向きの話ですね。正直に話したらよろしいのではないですか？」

忍冬師範が前に出て、燐訪と正面から睨み合っている。

視線がぶつかって火花が散っているように見えるぞ。

「そうね。表向きの話では外交レベルになったことにしてありますが、正式な話では、乙葉浩介たち魔術師を国外に出さないこと。有事の際の守り手が足りなくなり、国内において魔族の暴動が発生した場合の抑止力がないと困るのよ」

「すでに天羽総理からの許可も貰っています。燐訪議員が強行できることではないですよね？」

「ええ。だから、ここまでお願いに来たのよ。話し合いであなたたちをどうこうできるとは思っていないけれど、陣内も魔術を封じられて結界の中に収監されていますからね」

はぁ、とため息をつく燐訪。

以前見たときよりもツヤツヤしていて、皮膚にもハリがあって……って待て待て、普通は疲れ切ったのなら疲弊感丸出しで、目の下にクマを作ってくれないと困るわ。

なんで以前よりも元気なんだよ、このおばさんは。

『ピッ……目の前の燐訪は人間ではありません。魔神リィンフォース、魔族同位体です。十二魔将第五位、色欲のルクリラと燐訪の魂の半分が融合しています』

ないわ〜。

それってよくわからないんだけど、天啓眼《てんけいがん》でも今以上の詳細鑑定は不可能なようで、魔神リィンフォースについての鑑定についてはアンノウンとしか出ない。

ちょいと瀬川先輩の方をチラリと見ると、俺と同じように眼鏡型に具現化した深淵の書庫《アーカイブ》で確認できたのだろう。

少しだけ顔色が悪い。

「……まあ、俺たちのやることは、魔術による人道支援のようなものと思ってください」

「では、失礼します」

「それでは」

それだけを告げて、俺たちはゲートを越えて待合室へと向かう。

燐訪議員だった人があっさりと引いたのは驚きだけど、絶対になにか裏があるよな。

そして、俺たちが鑑定能力を持っていることぐらいは知っているはずだから、今頃はなにか企んでいるんだろうなぁ。


……………

……

……


乙葉浩介の説得に失敗した私……燐訪こと魔神リィンフォースは、待機していた車に乗ると、議員会館へと戻るように指示を行った。

「燐訪さまのおっしゃるとおりでした。乙葉浩介をうまく日本国から出すことには成功したので、作戦は次の段階へと移行するのですか?」

助手席に座っている女性秘書が、後ろに座って窓の外を眺めている私に問いかけるので、にっこりとほほ笑んで。

「そう、ね。邪魔者は合理的に日本から出て行ったから……これで、ファザー・ダークさまの封印を解くための計画が進むわ。サンフランシスコはマグナムの配下が勝手なことをしているようだけど、あれはあれで使い勝手がいいからね……」

そう。

ここまでの計画がうまく進んだのは、この燐訪の体と知識を得てから。

燐訪は自我が強すぎてダメだったのよ。

フェルナンド騎士団のときの交渉、そして今回。

押しと引きをうまく使えば、人間の思考ぐらいは陣内の力がなくてもどうとでもなるわ。

まあ、結果として乙葉浩介たちは、日本を離れた。

これは好都合なのよ。

彼には日本にいてもらわない方が、私の計画の邪魔にはならないからね。

万が一にも私が失敗したとしても、議員会館の私の部屋、そこの位相空間には回収した燐訪のオリジナルが眠らせてあるから、彼女にすべてをなすりつければいいだけ。

日本とかいう国の政策で、私が活躍して燐訪の株が上がるのは釈然としないけれど、隠れ蓑をしっかりと使いこなさないといつかバレるからね。

「ファザー・ダークさまの封印。それを解除するためには、王印が必要となりますが」

「ええ。それを回収するためにも、マグナムには道化になって貰わないとならないからね。王印はすべてを見抜くから、私が十二魔将のルクリラではなく魔神リィンフォースだということも見抜かれるわ」

そうなると、王印は私から姿を隠すだろう。

歴代魔皇の仕事である、封印大陸の監視。

そのために魔皇たちは魔力を削っていたそうよ。

私もファザー・ダークの眷属になって、初めて知った事実が多すぎるわ。

「では、サンフランシスコへ向かわなくてはならないのでは？」

「ファザーいわく、あちらでマグナムを操っているのはデュラハンのブルーナ。彼が不死王《エタニティ》を経由してマグナムをうまくコントロールするそうよ」

あの忌まわしい結界のおかげで、向こうの様子がわからなくなったのは気に入らないけどね。でも、そのおかげで乙葉浩介が日本を離れたのだから、結果オーライ。

「なるほど。では、我々はこれからどうするので？」

「活性転移門を一つでも多く覚醒させる。でも、気をつけないと自我を持って魔獣化してしまうから大変なのよねぇ」

「魔神となったルクリラさまなら、たかが魔獣如ごときに後れをとるとは思えませんが」

「無理ね。そもそも活性転移門の強さは、こちらの世界に顕現している仮初の肉体を持ったファザー・ダークと同等の力。神魔族に等しい力を持っているらしいわよ……まあ、そんなものにならないように、しっかりとコントロールしないとならないのですけどね」

そのコントロールのお陰で、日本国内すべての活性転移門を同時に覚醒させることはできない。

一つずつゆっくりと覚醒させて、門を開いていかなくてはならない。

万が一にも活性転移門が暴走覚醒し、自我を持って動きはじめたとしたら。

人間、魔族、すべての生物の魔力、精気を求めて動き出し、貪り食う。

そうなると、制御するのは私でも無理。

計画遂行の邪魔となるので速やかに処分しないとならなくなるけど、その時点で私でも対処不可能。

だから、そうなる前に活性転移門を管理しなくてはならない。

やがて永田町が近づいてくる。

報告では、この場所にも乙葉浩介が来たらしいけれど、なにもできずに立ち去ったらしい。

そりゃそうよ、活性転移門は発芽した時点で対処不可能。

それをどうやってコントロールできるように育てるかが、勝負なのですからね。

○○○○○

——アメリカ・カリフォルニア州
成田空港を出て、やってきましたサンディエゴ国際空港。
確か数日前まではニューヨークにいたような……いたんだけどなぁ。
さすがにファーストクラスは予約できなかったけど、Jクラスシートっていうところでゆったり満喫……できなかったよ。

黙々とゲート固定用の魔導具と、妖魔特区の十二丁目エリアを作るために用意した対妖魔結界用魔導具のコアを、のんびりと作成していた。

さすがに機内に量産化《プロダクション》の魔法陣を広げるわけにはいかないし、そもそも場所がない。

だから、コアだけを先に作ってしまって、あとから量産化《プロダクション》を発動するときの時間短縮に努めていた。

そんなこんなでサンフランシスコ国際空港に到着したときには、必要な対妖魔結界のコアはすべて完成したんだけれどさ。

「……」

「いや、出迎えなら声ぐらいかけてくれてもいいんじゃね？」

空港ロビーで俺たちを出迎えてくれたのは、ヘキサグラムの魔導セクション所属のマックスとキャサリンの二人でした。

ちなみにキャサリンはどこかに連絡していたらしく俺たちに気づいていないし、マックスは金髪ショートカットグラサン鉄面皮で『感慨、乙葉浩介‼』ってプレートを持ってる。

感慨ってなんだよ、そこは歓迎だろう‼

「まったく……出迎えてくれたのがマックスたちとは予想していなかったよ」

「ご無沙汰しています、あれからお体は大丈夫ですか？」

——ザッ
俺が話しかけてもうなずくだけなのに、新山さんが問いかけるといきなり跪くのはどういうこと？

すぐさまキャサリンも走ってきて、マックスの横に跪いたのにも驚きだけど。

「聖女コハル。お会いできて光栄です」

「聖女さまにはご機嫌麗しく」

「や、やめてください立ってください‼私は……はぁ」

新山さんが両手を前に出してブンブン振りながら止めるので、二人も素直に立ち上がる。

「はーい、ミスター乙葉。私たちはカリフォルニア魔導セクションの代表として、皆さんを迎えにきました」

「まあ、メンバーは俺たち以外、機械化兵士《エクスマキナ》からの出向メンバーと事務官たちだけだがな」

そのまま二人は忍冬師範、瀬川先輩とも握手して挨拶を交わすと、早速サンフランシスコ結界の近くまで移動することになった。

「日本では情報が入ってこないのだが、内部はどうなっているのですか？」

そう忍冬師範が問いかけると、助手席のキャサリンが表情を曇らせる。

「サンフランシスコ結界の内部については、国防省が報道規制を発動している。日本の妖魔特区とは違い、ここにあらわれた妖魔は好戦的で残虐。それだけの話だ」

「日本では、あの光景は放送できませーん。私たちへキサグラムは対妖魔機関なので、情報を共有していますが……」

そう説明してから、キャサリンが忍冬師範にタブレットを手渡す。

そこに映っている光景を見て、忍冬師範の表情が明らかに変化した。

憤怒、そのひと言だけで説明がつく顔つきに変わると、俺たちを見てから、俺にタブレットを手渡す。

「二人には見せるな。意味はわかるだろう？」

その言葉で、大体の様子は理解できた。

素直にうなずいてからタブレットを受け取り、画面を見て。

俺は吐き出す。

あらかじめ用意してあった袋に口を当てて、内臓が空になる勢いで吐き出した。

涙も流れるぐらい、心臓を鷲掴みにされた感覚だ。

映画では見たことある、漫画でも見た。

地獄絵図どころの話じゃない。

おそらく、妖魔特区の封印が間に合わず、俺が百道烈士《くどれっし》に負けていたなら、日本にもこのような光景が広がっていたのであろう。

「乙葉くん、精神治癒《マインドヒール》です……大丈夫？」

一気に具合の悪くなった俺を、新山さんが治療してくれる。

「ああ……どうにか……って、こんなことが起こるなんて、わかっていたら……」

俺は日本に戻るべきじゃなかったのかも。

もしもニューヨークからサンフランシスコにすぐに向かっていたら、ここまでのことは起きなかったのかも……。

拳《こぶし》を強く、血が滲むぐらい握っている。

「浩介、自分を責めるな。これは結果だ、自分の判断が間違っていたとか考えるな」

努めて冷静に、忍冬師範が俺に告げるけど。

「でも、この結果を招いた原因は」

「原因は魔族だ。そこを履き違えるな‼」

「俺の対応が、判断が間違って……」

「だから、いったん落ち着け……お前が日本に戻ってきたから、日本ではこんなことは起こらなかった。そうなる前に対応できていた。国会議事堂を中心に、サンフランシスコのような事態が起きていたかもしれないんだぞ……だから、仮定で考えるな」

たられば、ではない。

起こったことに対処しろ。

そう忍冬師範は告げながら、タブレットを回収する。

そして、俺と忍冬師範のやり取りで、新山さんたちも内部でなにが起こったのか想像できたらしい。

その後の車内は沈黙していた。

ただ、俺の複雑な気持ちを乗せて、車はサンフランシスコを走り続けていた。

窮猿投林、出る杭は全力で殴る！（マジで切れた五分後には）

重い空気の中、俺たちは目的地へ近づく。

二百八十号線をサンフランシスコに向かい、途中のデーリーシティにたどり着いたとき、それまでののどかな光景とはガラリと変わり緊張感があたりを包み込んでいる。

「うわぁ……」

「これがアメリカですか……」

「マジかよ」

デーリーシティの向こうには、巨大な深紅に染まったドーム状の結界。

その手前を、アメリカ陸軍、空軍が包囲している。

最新型の戦車、装甲装輪車はもとより、アメリカ海兵隊や特殊部隊までそろっているのは、一種異様な光景に見える。

「……まあ、三人が驚くのも無理はないか。妖魔特区が出現したときは、お前たちは結界の中だったからな。外でおこった光景は、ここととあまり大差はない」

そう告げてから、忍冬師範がタブレットを開いて見せてくる。

そこに映っているのは、妖魔特区を囲む自衛隊の車両群。

指揮車両や10式戦車、16式機動戦闘車といった最新鋭の車両まで配備されていた。

「この映像は、見たことがありませんわ……」

「そりゃそうだ。報道管制が敷かれていたから、表向きに流れることはなかったからな。いくつかの放送局がモザイクをかけて映像を流したが、すぐに放送局の上層部関係は政府に呼び出しを受けていたからな」

「俺たちの知らない世界……俺たちしか知らない世界……」

魔族の存在は、俺たちに取っては身近なものになったが。

まだ、普通の人たちにとっては危険な存在であることに変わりはない。

少しずつ受け入れられているのかもしれないが、このような事件が起こるたびに魔族の肩身は狭くなる。

——キィッ！

車が停車してマックスとキャサリンが降りる。

そして俺たちも車から降りるのだけど、周りにアメリカ海兵隊やヘキサグラムの機械化兵士《エクスマキナ》たちが集まり、俺たちを警備してくれた。

「まずは、ヘキサグラムのベースエリアへ案内します。そこで、ここの責任者に会ってもらいますので‼」

「了解。それが終わったら、とっととゲートを作ってしまうわ」

もう、一刻も早くゲートを作ってしまいたいんだけどさ。

そしてできるなら、一人でも多く助け出したい……。

「乙葉くん、焦っちゃだめ……」

「焦りや怒りは、判断力を鈍らせるから……ね」

「先輩、新山さん……わかってますよ。それでも、この結界の向こうにまだ生き残っている人がいるって考えると……」

俺の気持ちを察したのか、新山さんが俺の手をぎゅっと握ってくる。

「一人で走ったらダメ。微力かもしれないけれど、私たちもついているから」

「大丈夫。俺は、俺にできることをするだけだからさ」

「ハイ、お二人ともイチャラブそこまでです‼とりあえずは、ヘキサグラムのベースに案内します。ここから先は、ヘキサグラムとアメリカの合同作戦が行われますが、そのためにもミスター乙葉には協力をお願いします」

「「イチャラブじゃ（ねーし、ありません‼）」」

キャサリンは、い、いきなりなにを言い出すんだよ。

ただ勇気を貰っただけだし、イチャラブしてないからな‼

……………

………

…

ヘキサグラムのベースエリアで、俺たちは現場の責任者を紹介された。

そこから先は、忍冬師範が俺たちの代表として説明を聞き、必要に応じて補足質問を加えていく形で話し合いは続いた。

アメリカ陸軍としては俺が主導となって結界内部に突入、妖魔を殲滅する作戦を支持しているのに対して、ヘキサグラムは俺がゲートを作り内部に対妖魔結界によるセーフティエリアを設置し、そこから救出作戦を展開するという作戦を提案。

この二つの作戦についての擦り合わせが終わらないタイミングで、俺たちが到着したらしい。

「……日本国政府としては、今回の乙葉浩介の援助はゲートの設営及びセーフティエリアへの魔導具の提供までです。それ以上の戦闘行為への参加については、連絡を受けていませんが」

「ええ。ヘキサグラムとしてもその方向でよいかと思いますが」

「陸軍としては、ゲートの設置、セーフティエリアの設営までは異存はない。その後は、ミスター乙葉は戦ってくれないのか？」

最後の打ち合わせでは、俺が戦闘に参加するかしないかという問題にぶつかったんだけど。

俺としては、もう、中で思いっきり暴れたい気分なんだよ、人間に害をなす妖魔は殲滅しないと気がすまない……んだけどさ。

少し深呼吸して、今の状態を確認する。

一番の問題点は、この中で活性転移門が動いていること。

それがどこまで活性化したか、転移門が開いたかどうかが勝負の鍵になる。

「内部画像で、転移門らしきものは確認できているのですか？」

「それでしたら、この映像を見てください」

ヘキサグラムの書記官らしい人が、タブレットを手渡してくれる。

またあのグロ映像かもとおそるおそる確認したら、転移門から一人の魔族が出てくる映像が映されている。

その正面で大勢の魔族が跪いて待機しているのと、どこからともなく発生した黒い影のような狼に撮影者が襲われて映像が止まるところまでしか映像は残っていない。

けど、はっきりとわかることは一つ。

「この映像でわかること……まず、サンフランシスコ結界内の転移門は稼働しています」

――ザワッ
瀬川先輩が、俺の代弁をしてくれる。

よく見ると、先輩の眼鏡に深淵の書庫《アーカイブ》が映し出されている。

「そ、それは本当か？」

「はい。ですが、この映像の続きがないことには、転移門がまだ稼働しているのかどうかはわかりません。北海道の妖魔特区に存在した魔族型転移門とは違うタイプですので、一度開いたら永続的に開き続けるのか、それとも必要に応じて開閉可能なのかまではわかりませんわ」

「では、この転移門から出てきた人物が何者かわかるかな？」

「さぁ？ 私の解析能力は万能ではありませんので」

そう言葉を濁すけど。

大勢の魔族が頭を下げて待ち構える存在だろ？

そして、これは俺の予測だけど、その大勢の魔族って黒龍会だろ？

それなら答えは一つしかないよな。

「……」

言葉にしない。

でも、俺も新山さんも、先輩だって答えは出ている。

【憤怒のマグナム】、そいつに決まっている。

「そうか。では、ミスター乙葉、あの転移門を封じることは可能か？」

「わかりません。あれに有効な術式も封印媒体も持ち合わせていません。札幌型転移門ではありませんし、ニューヨークのような活性転移門ではなく、すでに開いた転移門を閉じる術なんて知らないですよ」

そして物理的に破壊することも不可能な物質であることは、過去の日本に出現した転移門の資料で理解しているらしい。

だから、俺の魔術頼みということか。

「試してくれるか？」

「……考えておきます。けど、確実にできるなんて思わないでください」

話し合いは続いた。

俺がゲートを作っている間に、先輩がヘキサグラムベースで深淵の書庫《アーカイブ》を展開。

新山さんは避難してきた人や救出部隊が助け出した人たちの治療にあたる。

いったん、用意された控室に俺たちは移動すると、速攻でカナン魔導商会の納品依頼を終えてチャージ。

買えるだけのポーションを購入すると、その大半を新山さんに手渡した。

「私の護衛にはキャサリンさんがついてくれるそうです」

「私はベースで、忍冬さんが護衛についてくれるそうです」

「俺はマックスと二人で行動することになった。それぞれのできることを、無理なく……ここで無茶したら、ここにいない祐太郎が落ち込む」

作戦開始のための準備も終わり。

俺たちは持ち場に移動する。

俺はマックスと一緒に結界ギリギリまで移動し、あらかじめ用意してもらったゲート用のフレームを加工するために錬金魔法陣を起動する。

「魔導化スタンバイ……対象は目の前のフレーム。対妖魔結界オーブの組み込み……魔力吸収回路の接続……フィニッシュ‼」

——ブゥン‼

魔法陣の中のフレームが銀色に輝く。

もう幾度となく作り続けた、対妖魔結界の小型簡易版。

あとはこの結界を中和して開き、そこにゲートフレームを嵌め込むだけ。

それをサンフランシスコ結界に合計十二ヶ所設置し、どこからでも市民が逃げてこれるようにする。

「フレームの接続は俺が行う。乙葉は、結界の中和を頼む」

ゲートフレームを持ち上げつつ、マックスが告げる。

それは頼むわ、俺一人じゃあ結界を中和した状態を維持しつつゲートの接続は無理。

「それじゃあ、いくぞ‼」

——ブゥン
魔導紳士モードに装備を換装、両手には精霊《フィフス・エレメント》の籠手も装着。

両手で結界を開くため、今回はセフィロトの杖はなし。

両手に魔力を集め、結界中和術式を纏わらせると、祈るように両手を合わせてから、勢いよく結界に突き刺す‼

——ドシュッ
手首あたりまで結界に突き刺さると、そこからは魔力を放出しながらゆっくりと左右に腕を開く。

並列思考で足元から大地の壁《アースウォール》を発動し、扉の形に岩を嵌め込む。

そこにマックスがフレームを重ねた。

これで結界が扉型の岩によって固定されたので、あとは岩を向こうに吹き飛ばしてフレームを結界に固定するだけ。

「どぉりやぁぁぁぁぉぁ」

——ドッゴォォォォォン
右腕に魔力を込めた一撃で岩を砕く。

その瞬間にフレームが結界壁に固定され、出口ができた。

「続いて、対妖魔結界エリアの形成っっ‼」

すぐさま結界内部に駆け込み、あらかじめ先輩が指示してくれた場所に向かって走り出すと、空間収納《チェスト》から対妖魔結界発生装置を起動して固定。

これを四ヶ所で行って『簡易結界エリア』を形成すると、あとはヘキサグラムのマックスの仕事。

「ほい、あとはヘキサグラムの仕事でよろしく。魔力循環でこの装置は起動するから、この図面の場所に走っていって起動させてくれればいい」

「……本当にでたらめすぎて笑いしか出ないな。後は任せておけ」

これで俺は結界の外へ。

そしてマックスが結界の中の簡易結界エリアに進むと、陸軍と海兵隊も突入開始。

周辺の市民の救助をはじめていた。

『ピッ……乙葉くん、次のポイントに行けるかしら？　魔力が足りないのなら休憩を申請するわよ』

念話で先輩から連絡が届く。

改めて体内の保有魔力を算出するけど、今の結界中和で八割の魔力が持っていかれている。

「そうですね、今日はもう、これ以上は無理です……。魔力回復ポーションでも俺の魔力は回復しきれませんし、なにより在庫がないです」

『ピッ……了解。ベースキャンプに帰還してください』

「ラジャー」

作業工程的にも、結界の中和から開くところまで三十分以上は経過している。

妖魔特区とは違い、ここの結界は濃度というか耐久性がかなり上。それだけ余剰魔力が必要になったんだよ。


………

……

…

——十一日後
サンフランシスコ結界にゲートを作りはじめて、今日が十二日目。
その間に、結界内部ではいくつもの戦闘が繰り広げられている。
救助した市民はすでに五万人近く、だけどサンフランシスコの人口の十六分の一程度。まだまだ中心部付近まで近寄ることはできなかった。

陸軍や海兵隊は救助活動がメインであり、対妖魔兵装など持ち合わせていない。

彼らの警備を担当しているヘキサグラムのメンバーは対妖魔兵装持ちではあるのだが、こちらから仕掛けるのではなく守りに徹する形をとっている。

新山さんは重症患者を中心に術的治療を続けており、疲労も限界に近い。

そして先輩もゲート内部に監視カメラと軍事用通信施設を設置してもらい、深淵《アーカイブ》の書庫を通じて救助可能な市民の場所を救出部隊に連絡している。

「これで最後……と。マックス‼」

「了解。ゲート設置準備完了」

もう十二個目となると手慣れたもので、マックスはすぐさま中和した隙間に固定した石壁にフレームを合わせる。

そして最後の岩を吹き飛ばしてゲートを固定したとき。

――パチパチパチパチ……。

ゲートの向こうで、拍手する人物がいた。

黒いスーツ姿に片眼鏡。

黒髪オールバックの男が、俺の方を見て笑っていた。

「さすがは現代の魔術師。これほどの魔力を持つものが人間の世界にも存在するとは……」

「あんた、何者だよ？」

『ピッ……元十二魔将第一位、憤怒のマグナムです』

「私か？ 私は次代魔人王のマグナム・グレフベシブシュボブボォアバババババババボビハ‼」

俺の問いかけと天啓眼《てんけいがん》の鑑定結果。

その瞬間に魔導紳士から魔導鎧《マギフレーム》・零式を起動して、魔導体術《マギ・カタ》で身体能力を限界まで上げた状態でマグナムに向かって全速力で突っ込み、とにかくぶん殴った。

もうね、百道烈士《くどれっし》も真っ青になるレベルでの打撃のラッシュ！

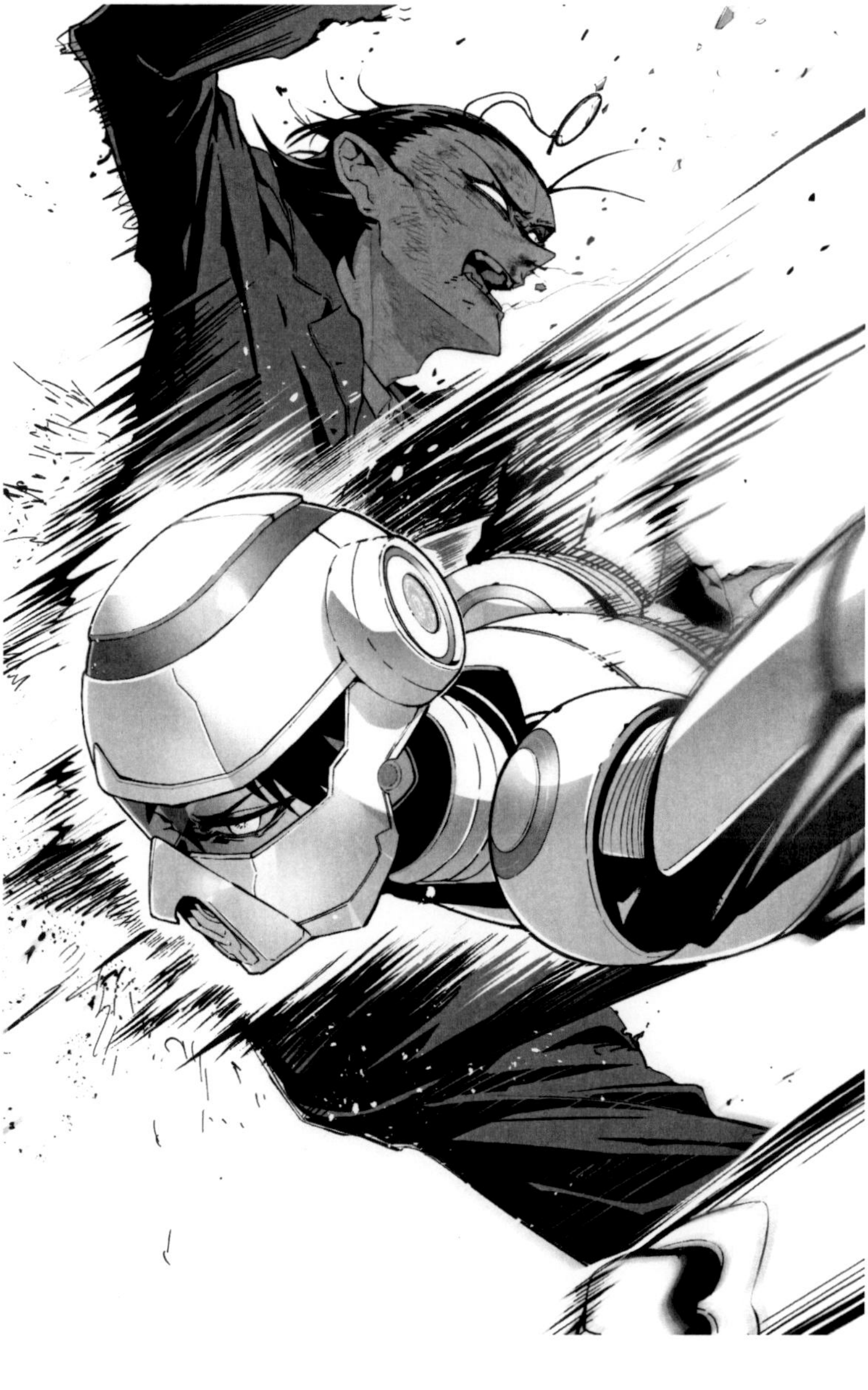

一瞬でマグナムの全身がズタボロになって、奥のビルに直撃して潰れかかる。

さらにトドメの一撃を叩き込もうとしたとき。

『そこまで‼』

脳裏に響く声。

その一瞬で、俺の意識が冷静になる。

『まったく……怒りに、破壊衝動にのっとられるな……やつに取り込まれるぞ』

透き通った女性の声。

どこかで聞いたことがあるような……って、そうだ、俺に加護を与えてくれた破壊神さんかよ。

そう意識下で問いかけても、もう返答は帰ってこない。

だから、今一度、深呼吸をしてから、マグナムの方を見る。

うん、見事にズタボロ状態だわ。

その姿を見て、ようやく俺の怒りもスッと引いていったよ。

「多分、今の俺の攻撃が記録に残ったとしたら、二ページぐらいは打撃音とお前の悲鳴でカタカナだらけになる自信があるぞ？」

そう言い切ってやったとき。

ボロ雑巾のマグナムの前に、ローブを身に纏ったミイラのような魔族が姿をあらわした。

「貴様はなにをしたか理解しているのか‼マグナムさまこそが至高の魔人王となる方、その体に触れるどころか、命を奪おうとは万死に値する‼」

――ブゥン
ルーンブレスレットの指輪を嵌める部分に、新品の『レジストリンク』を装着。同時に魔力反射の指輪の術式を起動すると、俺はゆっくりと後ろに下がる。

後方ではマックスが急ぎ対妖魔結界を設置しているので、そこまで逃げ切れば俺の勝ち。

残り魔力が一桁近いし、一気に魔力を使ってしまったので、魔力酔いも発生しかかっているんだよ。

くっそ、祐太郎がいたら、ここで俺と入れ替わりに『ここは俺に任せろ』とか言って格好つけるんだろうなぁ……。

あ、マジできつい……とっとと逃げるか。

それにしても、さっきの声。

「やつに取り込まれる……か。マグナムのことじゃなさそうだなぁ……」

はぁ、まだなにかありそうなんだよ。

多事多難！　物は相談まさに相談！（少しだけスッキリした）

一体、なにが起きたのか。

目の前で起こった光景に、俺の体は反応できなかった。

乙葉浩介とツーマンセルで、サンフランシスコ結界にゲートを設置する作戦を受けてから。

わずか十日ばかりで用意されていたほとんどのゲートを設置した。

そして最終日に、最後の一つを設置したとき。

突然、乙葉はゲートの向こうに飛び出すと、一体の魔族に向かって攻撃を開始した。

相手になにもさせないまま、乙葉はひたすら攻撃を繰り返す。

魔術を飛ばすでもなく、ただ純粋に、魔力の篭《こも》った四肢を使って殴打を繰り返している。

そして相手が瓦礫の向こうに吹き飛ばされたとき、新たな敵魔族が姿をあらわし、乙葉に向かって攻撃を仕掛けてきた。


…………

……

…

くっそ。

ミイラみてーな魔族があらわれなかったら、マグナムを封印してやったんだけどなぁ。

「貴様はなにをしたか理解しているのか‼マグナムさまこそが至高の魔人王となる方、その体に触れるどころか、命を奪おうとは万死に値する‼」

――グゥォオォォォォ
突然あらわれたミイラのような魔族が、俺に向かって韻を紡ぎはじめる。

手にした骸骨をあしらった杖にも魔力が集まるのを感知するけど、もう、ほとんど体が動かないんだよなぁ。

――シュルルルッ
すると、俺の後ろからマックスが駆けてくると、魔術で作り出した鎖で俺を捕まえ、俺を結界の中に引きずり込もうと力いっぱい引っ張った‼

「逃すかぁぁぁ、死霊ども、やつを食らい尽くせ‼その魂の一片も残すな‼」

――ヴォォオォォォォォォン
ミイラの左右に黒い球体が浮かび上がると、そこから半透明の骸骨の頭が浮かび上がり、俺に向かって飛んでくる。

だけど、発動までの時間が長すぎるわ。

すでにレジストリングはセット完了なんだよっ。

――バジィイイイイイイイイイッ
俺に向かって飛来した骸骨が巨大な顎を開き噛みついてくる。

だが、その顎が俺をかみ砕こうとした瞬間、レジストリングがその一撃を弾き飛ばした。

「なんだと‼上級魔族の魂すらかみ砕く、わしの呪詛を無力化しただと‼」

「へへへ……対策はしてあるって言っただろう？」

まあ、言ってないけれどね。

しかし、反射術式は無力化されているようだから、ちょっとシャレになっていないよなぁ。

――ジャラッ

そして俺は簡易結界エリアの中に引きずり込まれ、追撃として放たれた骸骨たちは結界に触れた瞬間に消滅する。だてに現代の魔術師を名乗っていないさ。

今回は簡易だけど浄化術式を結界装置にも組み込んだから、うかつに触れると火傷じゃ済まないからな。

「あ〜少しだけスッキリしたわ」

「お、お前は馬鹿なのか？　相手が何者かわかって飛び込んだのか‼」

「まあ、マグナムって名前を聞いた瞬間に、咄嗟《とっさ》に飛び込んだわ……マックス、ちょいと待ってくれな」

――ゴソゴソ
呆れ声半分、怒鳴り声半分で怒っているマックス。

いや、正直すまない、怒りの感情に体が過剰反応した。

とりあえず魔力回復ポーションと状態異常回復ポーションを取り出して一気飲みすると、フラフラしていた体が少しだけ楽になる。

「ふう。少しは落ち着いたかな……」

「まったく……呆れてなにも言えないわ……」

「まあ、今の攻撃でマグナムを屠《ほふ》ることはできなかったけどさ。俺の全力攻撃を受けたんだから、そうすぐには動くことなんてできないよ……」

――ブゥン
魔導鎧《マギフレーム》・零式が解除され、魔導紳士モードに切り替わる。

フィフス・エレメントも消して、右手を握ったり開いたりする。

「魔力や闘気じゃない、全力の神威パンチだ。普通に回復できると思うな……あ、悪い、俺をベースまで運んでくれ」

意識が遠くなった。

やっぱり無理が祟ったんだろうなぁ。

地面に倒れると痛そうだから、空間収納《チェスト》から魔法の絨毯を引っ張り出して浮かべると、そこに倒れて意識がパタンキュ〜。

○○○○○

――サンフランシスコ、光海公司ビル

乙葉浩介の全力攻撃により、マグナムはほぼ瀕死状態。

魔人核に傷がつかなかったのが奇跡であり、ゲーム的に説明するならば残りＨＰは一桁。

不死王《エタニティ》とその配下によって丁寧に運び込まれたものの、回復するには治癒術師か高濃度の魔力保持者が必要。

「……贄を集めますか？」

「この地の人間の魔力など、いくら集めたところで質が悪すぎる。現代の魔術師とかいったな、あいつレベルの魔力でなくては、マグナムさまの体を癒すことなど不可能だ……」

ブルーナの提案に、不死王《エタニティ》は頭を振るだけ。

「いずれにしても、この地での回復は見込めない。一度、鏡刻界《ミラーワーズ》に戻さなくてはならないだろうな」

「ですが、そのためには転移門をとおり抜けるだけの魔力を必要とします。そうなると、意識のない弱りきったマグナムさまの魔力を補うだけの力を持つものの協力が必要となりますが」

ゲートを越えるためには、魔力を消耗する。

それをマグナムと自分、二人分を補えるだけの魔力保持者で、尚且つゲートを越える能力がなくてはならない。

サンフランシスコ・ゲートはいまだ完全ではなく、転移門を超えられるだけの能力がないと通り抜けることができない。

マグナムは智将という異名を持つだけあって、『転移門』を越えるための術式も能力も保持している。

それでも活性化した転移門が必要である。

そのマグナムが意識のない状態では、単独で帰還することなど困難。しかも、体の回復に必要な魔力を持つ魔獣も、贄となる高魔力保持者も、この場には『ブルーナ』以外には存在しない。

（チッ……どうせくたばるなら、王印を回収してからにしてくれ……まあ、これで向こうに戻り、マグナムの配下たちに王印を探させれば、俺は労せずに王印を回収できるか……）

若干の計画変更はあったものの、マグナムを連れて帰還すれば彼の信頼も高まるだろう。

なにより、鏡刻界《ミラーワーズ》に帰るなど、実に何百年ぶりだろうか。

「では、私がマグナムさまと共に帰還します。不死王《エタニティ》さまは、このまま計画を進めてください」

「うむ。現時点でのサンフランシスコ・ゲートの活性率は十八％。これでは侯爵級魔族ですら突破は不可能。それをどうにか伯爵級魔族が使用できる六十％まで高めなくてはならない」

「ええ。そのための贄、そして魔力を集めて留まらせるための結界。最悪なのは、そこに現代の魔術師が穴を開けたこと……それすら利用して仕舞えばよいのです」

ブルーナは言う。

外から魔族を集めた場合でも、穴の空いた場所から中に誘導し、そこで霧散化することで簡易結界エリアをすり抜けてこれるのではと。

残念なことに、それは札幌で百道烈士《くどれっし》たちも実験し不可能だったのだが。

ブルーナたちは、その事実を知らない。

「よかろう。では、我々はこの地の転移門を活性化させようではないか」

「よろしくお願いします。では、私は急ぎ、マグナムさまと共に鏡刻界《ミラーワーズ》へ帰還します」

そこからはとんとん拍子で準備を終えると、ブルーナは覚悟を決めてマグナムと共に転移門を越える。

そして不死王《エタニティ》ら黒龍会は、結界内部に残っている野良魔族狩りを再開。同時に魔力持ちの人間を捉えるべく動きはじめた。


………………

……

…

「……もう、無理」

サンフランシスコ郊外、デーリーシティに作られた対結界解放作戦用ベースキャンプ。

そこのヘキサグラム・エリアの簡易宿舎内ロビーで、新山小春はソファーに座るとそのまま体を横にする。

「おつかれさま。避難した方々はどんな様子なの？」

自販機で冷たい飲みものを買ってきた瀬川は、小春にそれを一つ手渡して状況の確認をはじめる。

「日本とは違うのがよくわかりました。救出した人々の中で、治療が間に合わず亡くなった方が一割。治療したものの、この後の生活が元に戻るかわからない人が三割……軽傷以下の人たちもＰＴＳＤの心配があるそうで、普通の生活に戻れるのは全体の一割程度だそうです」

新山の担当は、トリアージ黒もしくはオレンジの人々の魔術治癒。それ以外はヘキサグラム及びアメリカ各地から集められた救急医療専門チームが担当しており、そちらには新山は手を出すことができなくなっている。

もっとも、自分の担当区分だけでもギリギリの状態であったので、かえって助かったと言えばそれまでなのだが。

「……魔法って、奇跡は起こせるけど万能じゃない。そんなことを乙葉くんが昔、話していたような気がしますけど、本当にそう思います」

「私はずっと、作戦室で深淵《アーカイブ》の書庫を展開していますけど。やはり軍部や関係者は、深淵《アーカイブ》の書庫の性能に驚いていますわね。けど、これを使えるのは私一人、そして一つのことについての調査はできますけれど、並行でいくつもの処理を行うとなると、私自身の実践経験が少ないのが思い知らされましたわ」

高校生、大学生で魔力持ち。

人を癒す聖女と、歩くスーパーコンピュータの二人でさえ、疲労困憊で弱音を吐きたくもなる。

それでも初日、二日目の地獄のような環境に比べたら、今の環境はまだゆとりができている。

全部で十二個の出入り用ゲートと簡易結界エリア。

これにより救出作戦が劇的に速くなっているのは事実。

それでも、妖魔の攻撃により軍人サイドにも被害は出ている。

新山の手当てしていた怪我人が、最近では軍人の方が増えているということも、内部での戦闘の激しさを物語っていた。

「……もう、夏休みが終わってます……お父さんたちには事情を説明して連絡はしてありますけど……」

「私は大学だから、夏季休講はまだ残ってますけど。乙葉くんは、いつ日本に戻るって話してます？」

「一段落したら。そう話してました」

夏休みは三日前に終わっている。

その前日に、日本の両親に事情を説明し、新山たちは始業式に参加することなくアメリカの地で新学期に突入した。


……

……

……

——ガチャッ
正面玄関の扉を開いて、フラフラになった俺ちゃんが入っていく。

もうね、疲労困憊。魔力切れも起こしかけているのが、顔色で理解できるレベルだよ。

「おや、二人ともおそろいで……グビグビッ」

空間収納《チェスト》から魔力回復ポーションを取り出し、俺は一気に喉に流し込む。

すると顔色が元に戻りはじめたらしく、体中に力が宿ってくる。

「いえ、今後のことを考えていたのですわ。乙葉くんたちはもう、夏休みは終わってますよね？」

「ん、まあね。内部の調査手伝いも終わったので、近いうちに帰ることになるよ……」

あっさりと告げてみる。

これには二人とも驚いていた。

まあ、ゲート設置は終わらせてあるんだけど、なんだかんだと理由をつけて俺は残って妖魔狩を続けている。

マグナムはぶっ飛ばしたけどさ、まだ大勢の人が残っているからね。

だから俺が陽動になって妖魔を見つけてぶっ飛ばし、その間に海兵隊と陸軍が救助活動を続けていたんだわ。

「それはよかったわ。そろそろ、こっちの食事にも飽きてきたところですから」

「私なんて、しばらくお父さんたちにも会ってなかったから……それに、クラスのみんなにもね」

「ん～。まあ、早いところ日本の方もなんとかしないとならないとは思っていたし。羅睺さんたちには定期的に連絡していたけど、札幌もまだ大きな変化はないらしいからね」

そのまままいつ帰るのかという段取りについて、三人で打ち合わせをし、忍冬師範にも確認のために連絡を入れる。

「……ということで、俺たちはそろそろ日本に帰りたいのですけど。日本政府としてのやり取りもあるかと思いますが、そのあたりはどうなのですか？」

「日本政府とアメリカとの話し合いでは、ゲート設置及び簡易結界エリアの設営までが乙葉浩介たちの仕事。この日程は十二ケ所の設置をもって完了している。あとはサービス残業みたいなものだから帰る気になればいつでも帰れる」

「それなら、明日にでも帰りたいと言えば帰れるのですか？」

「いや、ヘキサグラムから連絡があって、キャサリンとマックスの二人に、魔術講習をお願いしたいらしい。それが終わってからでもかまわないというのなら、頼みたいところだが」

ふむふむ。

そんなのは無視して帰りたいと思ったけど、キャサリンとマックスは知り合いだし嫌いじゃない。

なによりもヘキサグラムからの依頼ってことは、二人に全力で魔術講習しておけばアメリカでの魔術の講習とかはヘキサグラムに任せていいんじゃないか？

ちなみにアメリカとしては、このままベースキャンプに留まって作戦を継続してほしいという話を振られたが。

なによりも日本が心配という新山さんたちの意見により、二日後に日本への帰還することが決定した。


……………

……

…

――二日後
帰還が決まってからの二日間はヘキサグラム魔導セクションでの魔術レクチャーを行っていた。

これはヘキサグラムトップからの正式依頼ということになったので、俺としてもキャサリンとマックス、二人の魔術師の能力底上げのために全力を尽くしたよ。

全くの素人に一から教えるというのなら断っていたけれど、そもそも魔術師である二人になら教える分にはかまわないと考えた。

なによりも、忍冬師範のひと言
『ここでアメリカの魔術師を育成しておけば、日本から呼び出される回数も減るはずだ』

この言葉で、俺は二つ返事でオッケー。

二人の素養を確認しつつ、適切な魔術の術式を二人に教えることにした。

結果としては、俺が使える第一聖典《ファースト》はかなり使えるようになり、第二聖典《セカンド》も補助系がいくつかは覚えられたらしい。それと、鏡刻界《ミラーワーズ》の魔導書に記されていた魔術もいくつかコンバートして教えてみたところ、そっちの方が適性があるらしいところまで確認完了。

もっとも、魔力保有量が少ないため、一度に使える魔法の数にも限界はある。

けれど、これでアメリカにも正式な魔術師が生まれたといってもいいんじゃないかと思うよ。

新山さんと瀬川先輩も、アメリカ政府に頼まれて『魔術講習』を行ったらしいし。

最終日には魔力感知球で参加者の魔力保有量を検査したけど、よくてオレンジほとんど赤。

オレンジ反応については、ヘキサグラムに管轄が移動したので、先輩たちの手を離れる。

最終日が終わった後の新山さんたちは、やりきった顔と疲れ切った顔半々だったので、俺ちゃん特製魔力回復薬で労ってあげたよ。

「さぁ‼明日には日本に帰る‼夏休みが無くなったけど、そんなことは知らない‼」

「ようやく和食が、卵かけご飯が食べられます‼」

「それよりも、築地くんは無事だといいのですけど……」

それな。

先輩の言うとおりで、祐太郎たち四人とも、いまだに消息不明。

問い合わせようにも手がなく、これは素直に冥王の元に到着し、なんらかの事情により戻ってこれなくなったのだろうと考えることにした。

はぁ。

悪いことばかりじゃないし、便りがないのは元気なしるしと思う……。

夏休み、遊びたかったなぁ……。

第三章　魔人王・覚醒

草行露宿、寄らば大樹の陰だけど（戻っても、仕事変わらず、休みたい）

――サンフランシスコ
日本を出航した豪華客船『ダイヤモンドプリンス』号がカリフォルニアの近くまでやってきたとき。

すでに、サンフランシスコは結界に包まれていた。

ちょうど乙葉浩介によって最後のゲートが設置された翌日であり、寄港地がフィッシャーマンズ・ワーフ近くの国際旅客船ターミナルであることから、『ダイヤモンドプリンス号』はサンフランシスコでの寄港を断念、大きく予定を変更することとなった。

船内の乗客も、ニュースなどを見てサンフランシスコで異変が起きたことを熟知していたため、艦内アナウンスで寄港地変更が告げられたときは半ば残念な声を上げつつも、仕方がないと断念。

急遽、寄港地をロサンゼルス・ロングビーチに変更したことが告げられて、ようやく安堵の声が上がってきた。

そして希望する乗客に対しては、サンフランシスコ近郊までの送迎バスが用意されるという連絡が入り、乗客も寄港までの残りわずかの時間を堪能することにしたのであるが。

今一つ、事態を呑みこめていない魔族が、ここに一人。

「……わ、私のいないうちに、なにがなんだかさっぱりわからないことになっているじゃないのよ‼」

船内のニュースを見ていた藍明鈴は、サンフランシスコが結界に包まれたときに黒龍会本部に連絡を入れている最中であった。

それについて問い合わせてみても、幹部たちは『マグナムさまがいらしている。お前も早く戻れ』だけであり、それ以上の説明を受けることができなかったのである。

やむなく秘術商人のジェラールの部屋に飛び込むと、開口一番。

「ちょっと、事情を説明しなさいよ‼」

「はぁ？　一体なんのことだ？」

ジェラール・浪川は下船の前に荷物を纏めようと、乙葉から手に入れた拡張バッグに荷物を詰めている真っ最中。

そこに明鈴が飛び込んで訳のわからないことを言いはじめたので、問い返しただけなのだが。

「サンフランシスコのことよ、なによあれは、地球の秘術かなにかじゃないの？」

「知るか。俺だってな、サンフランシスコで人と会う約束があったんだ。それが急遽、場所の変更でモントレーになるわ、船はロサンゼルスで止まるからそこからの足を探さないとならないわ、あげくに先方は結界から出たものの色々と取り調べられているから指定のホテルで待てとか、申し渡されるスケジュールがガタガタなんだぞ‼」

「そっちの話こそ知らないわよ‼あんた魔導商人でしょ？　飛行道具とかないの？」

「あるけど使えねーし、渡さねーよ‼」

ジェラールが明鈴にむかって怒鳴り返す。

たしかに魔法の箒は持っているが、あれは『摩訶魔力玉』という魔力増幅の丸薬を使ってこそ、初めて使える。

その丸薬が切れている今、あれは使い勝手の悪い箒でしかない。

「私が使ってあげるわよ‼」

「知るか‼」

そんな痴話喧嘩を、部屋の扉を開けっぱなしでやらかす二人。

そしてその姿を、物陰から見ていた魔族がもう一人。

「予想よりも、マグナム派が早く動きましたか。まあ、私には関係のない話ですけど、早く戻れる魔導具があるというのは助かりますね」

白いロングコートにボルサリーノの帽子。

黒丸眼鏡をかけた馬天佑がボソリと呟くと、コートの裾から大量の呪符を落としはじめる。

「そちらのお嬢さんとは話し合いが成立しなかったようですね。ジェラール、私と取引しませんか？」

「ふん……なんだか豚臭いと思ったら馬導師かよ。なんの取引だ？」

妖魔がらみの裏稼業では、フリーランサーとして活動している馬天佑は有名。

当然ながらジェラールも知っているし、何度か仕事関係でぶつかったこともある。

「私がマグナム派ではないことは、君ならご存知のはずですが？」

「まあな。香港政府と裏で約定を交わしている馬導師としては、早くゲートを稼働させたい。だから、ここから離れて香港に帰りたいというのが本音だろう？」

中国政府に協力している秘術商人のジェラール、黒龍会所属マグナム派の藍明鈴、そして香港政府と約定を交わしているフリーランスの馬導師。

三つの勢力が豪華クルーズ船の上で邂逅《かいこう》したものの、互いに仲間も手下もなく、海の上で立ち往生の状態では、個々の戦力のみが頼みの綱である。

そして個々の戦力というのなら、この場では馬導師が他の二人よりも頭一つ分飛び抜けているのは、明鈴とジェラールも理解している。

「いかにも。私はマグナム派でも、ファザー・ダーク派でもありませんからね。すべてにおいて中庸、それが私を雇い入れたボスの方針です」

「どうだか。あんたのところのボスってことは、詰まるところゲート解放からの鏡刻界進出《ミラーワーズ》が目的でしょう？　うちの黒龍会は香港を拠点にしているのよ？　そのへんの情報を知らないとでも思っているのかしら？」

「さぁ？　私もそこまでは理解していませんが、活性した転移門があちこちに出現している現在、のんびりと船上バカンスを決めている余裕は無くなりましたからね」

──ザワッ
馬導師の言葉で、ジェラールは周囲におかしな気配が漂っていることに気がついた。

そして物陰から、額に札をつけた人たちがユラリと音もなくあらわれたのである。

「僵尸《キョンシー》かよ……これだけの人間を殺して用意していたとは、ずいぶんと準備がいいことで」

「いえいえ……まだ生きていますよ。殺さなくても操る術はあります。なによりも警察や人間相手なら、生きているものを操った方が効果は高いですからね」

つまり、ジェラールはうかつに怪我をさせるわけにはいかなくなった。

生きている人間が相手なら、手が止まり対応に遅れが出る。

その程度のことは知っていると、馬導師は呟くが。

——ドガゴガゴッ‼

ジェラールは躊躇なく、近寄って来る人を殴り倒した。

倒れたあとは明鈴が駆け寄り呪符を剥がす。

「……いや、予想外に外道ですね」

「殺されそうなときに、他人のことなんて構っていられねーからな。それでどうする？ 大人しくバカンスの続きを楽しむのなら、俺は手を出さないが」

ジェラールの最後通告。

素直に従わなくてもかまわないのだが、馬導師は黒眼鏡を外してレンズを磨くと、やれやれという顔でひと言。

「まあ、船内滞在はあと二日程度ですか。本当なら早く戻りたかったのですが、まあ、仕方ありませんね」

「そうだろう？ 俺は香港政府にも貸しがあるからな。どうせ俺の対応については、脅し程度で終わらせておけって言われているんだろうからな」

「否定はしませんが。でも、私としては、あなたがマグナム派と共闘しているという事実はいただけませんが？」

馬導師の雰囲気が変わる。

周囲の気温が数度、下がったようにジェラールも感じ取った。

「おおかた明鈴も、隙を見て俺を始末するように言われているんだろうさ。まあ、それができなかったから、今日まで俺は生きてこれたんだけど」

そうチラッと明鈴を見て問いかけると、彼女も両手を軽く上げて降参のポーズ。

「はいはい、御明察よ。でも、ここまできたらなにもできないし、そもそも私としては早く結界の向こうに行きたいだけなのよ。それでジェラール、結界を越えるための魔導具、なにか知らない？」

「そんなの、あいつぐらいだろうさ」

グイッと右手親指で近くのモニターを指差す。

そこには、サンフランシスコ結界を中和し、ゲートを設置している乙葉浩介の姿が映し出されていた。

「……あれって、私たちの敵じゃないの。そりゃあ無理よね。どうにかして、あのゲートを使って入る手段を考えないとならないわね」

「お好きにどうぞ。俺は、休ませてもらうわ」

そう告げてから、ジェラールは手を振って部屋の扉を閉める。

こうなると接点のほとんどない馬導師も明鈴も戦意喪失。

自室へと戻るしか無くなった。


………

……

…

——ジェラール自室
「くっそ、予定よりもでかい話になっているじゃないかよ」

部屋の扉の鍵を掛けてから、ジェラールは雇い主である中国の劉坤明に連絡を入れる。

「……サンフランシスコ結界、あいつをどうにかしないと大規模魔法陣は稼働しないが。そもそも水晶柱を基点として使用する計画だったのに、その基点があちこちずれはじめ、正確な大規模魔法陣を構築できていない。どうするんだよ？」

スマホ片手に問いかけつつ、室内のテレビをつける。

どのチャンネルでも、サンフランシスコ結界の特番が設けられており、そのあちこちに『現代の魔術師、救援に来る』といった見出しがついていた。

『そうだな。ここにきて、計画は大きな変更を必要としている。ロサンゼルスに迎えを送っておくので、彼と合流して戻ってきたまえ』

「了解……と」

話が終わり通信を切る。

どっちもこっちも、当初の計画が大きな変更を余儀なくされていることを、ジェラールたちはまだ知らない。

それを知ることができるのは、彼が中国に戻ってから。

○○○○○

――日本・札幌市
アイ、シャル、リターン‼

色々と最後に騒動があったけど、俺たち四人は無事に帰還しましたともさ。

「まあ、無事ではなかったがな」

「本当に大変でしたよ……」

「それでも、日本に戻ってこれたのでよしとしておきますわ」

俺以外の三人、忍冬師範、新山さん、瀬川先輩は疲労困憊コンビである。

いや、カリフォルニア国際空港から日本に戻るときに、新山さんの魔術治療を知った市民たちが殺到したんだよ。『不治の病も治せる』とか『死者の蘇生もできるのでは』とか、ニュース番組で煽りやがってね。

それで、治療を求めにきた人たちが空港になだれ込んで、一時は空港閉鎖かという話にもなったらしい。

そこで瀬川先輩が空港のすべてのモニターをハッキングし、そこに新山さんと忍冬師範のメッセージを流し込んでどうにか騒動は解決した。

死者の蘇生は不可能であること、魔術治療についてはアメリカでは政府の許可がないとできないことを告げた上で、必要ならば日本に連絡をしてほしい旨《むね》を伝えた。

そうでないと、新山さんがさらわれそうになるから。

それでも納得のいかない人は多かったけど、すぐに連絡を受けた海兵隊が到着して、騒動を治めてくれたよ。

そして意気消沈した状態で日本に帰国。

国会議事堂敷地内の活性転移門を確認するのは後回しにして、札幌に帰ってきたってこと。

魔法の絨毯や箒だと居眠り運転しそうになり危険だから、公共交通機関で最寄りの駅まで移動。

「それじゃあ、ここからは自力で戻りますわ」

「私はお母さんが迎えにきてくれたから、それで帰るね」

「俺は忍冬師範を大通公園まで送ってから帰るとするよ。それじゃあ、また明日‼」

二人に手を振って、俺は忍冬師範と大通公園へ。

そして十三丁目ゲート付近に到着したとき、不思議な光景を見た。

狐の仮面をつけた白拍子
虎の仮面をつけて、チャンピオンベルトを巻いた獣人
着流し姿のジャパニーズマフィア
そして花魁
そんないでたちの四人組が、十三丁目ゲート外で、クロム大佐とゴーグル、そして川端政務官と要先生というメンバーと和気藹々《わきあいあい》……からは遠い雰囲気で待機している。

「……おお、乙葉、戻ったか」

「これで俺たちの任務はおしまいだな」

「今日で終わり。忍冬さんもきた、私たちは帰っていい？」

あ～。

ジャパニーズマフィアが羅睺さんで、獣人はチャンドラ師匠か。そして白拍子が計都姫と、ずいぶんとガッチリ変装したんだなぁ。

「……それじゃあ、私も帰るとするよ。川端とか言ったね、私たちに敵対するのなら、それなりの対応をさせても

らうからね……」

「……君たち四人については、私からはなにもしない。協力的魔族として対応させてもらう」

花魁……綾女ねーさんに軽く頭を下げる川端政務官。

いや、なにがあったのか知りたいところなんだけどさ。

「アメリカ出向、ご苦労様です。こちらが本日までの報告書です、メールで送ったものと同じ内容となりますが」

「ご苦労。要くんも帰ってかまわない。あとはいつものシフトで回すので」

「了解です、では失礼します。乙葉くんもまたね！」

「あ、はい、それじゃあ」

事務的な話を終えて、あの四人を手駒にしようとして失敗したとか？　陣内が牢屋だから新しい魔族を手に入れようとしたわけ？」

「その様子だと、あの四人を手駒にしようとして失敗したとか？　陣内が牢屋だから新しい魔族を手に入れようとしたわけ？」

思わず川端政務官に問いかけると、彼は拳を握って悔しそうな顔をしていた。

「あ、あの四人は何者なんだ‼　陣内の力を一としたら、やつらは百も二百もあるじゃないか‼　手駒としてスカウトしようとして、心臓を握られたぞ‼」

「心臓を握られた？　握られたような恐怖じゃなく？」

「横で見ていた。あのサムライが川端の胸元に手を当て、そのまま体に潜り込んで心臓を掴むと、それをゆっくりと引き抜こうとしていた」

「うわ……無礼なこと言うからだよ。これに懲りたら、魔族を手駒になんてしない方がいいって」

川端政務官を嗜《たしな》めるように告げるけど、そもそも俺の話なんて聞いてないからね、この人は。

「それで、なにか変化はあったの？」

「避難民を誘導する仕事を行っていたぐらいだ。サンフランシスコ結界の件が妖魔特区内部の人たちにも届いたらしく、慌てて避難してきた」

川端政務官の言葉に、チラリとクロム大佐を見る。

うん、静かにうなずいてくれたから、間違いじゃないのか。

「それでさ、あの化け物はどこにいるの？」

「四人組が内部調査をしたときは、ほぼ公園の中央。大通公園六丁目で立ち止まって、空を眺めていたらしい」

「空を？　なんでまた？」

「知るか‼」

うーむ。

これは早いうちに、もう一度内部の調査をした方がいいか。

明日は学校だから、それが終わってからでもかまわないよね？

しばらくぶりだからさ、真面目じゃない俺でもなつかしいんだよ。

それに、祐太郎の件もあるからさ。

行方不明のままで、どこでなにをしているのやら。

無常迅速、病膏肓に入る（日常の中の非日常）

一ケ月ぶりの学校だぁぁぁぁ。

俺がアメリカでバトルを満喫している間に、日本では夏休みが終わっていました。

つまり、もうまもなく秋に突入。

秋といえば行楽のシーズン【観楓会】だよね。

みんなで池之端しのぶ亭で、円楽一門会の落語を堪能する秋って、これ、前にも話したことがあるような？

「さて。現実逃避している最中の乙葉浩介、この問題だが前に出てくれるか？」

はい、今は授業中でした。

ちなみに俺と新山さん、祐太郎の三人は部活動の延長ということで夏休みが終わってからも公欠扱い。

そして祐太郎は親父さんが学校に連絡してくれたおかげで、しばらくの間は休学となった。

新山さんは【築地祐太郎ファンクラブ】のメンバーから色々と質問攻めを受けたし、俺はクラスメイトや織田一門からおみやげ寄越せ攻撃を受けていたりと、もう散々。

「……って、こんな感じで？」

ちょうど英語の時間なので、黒板に書かれた英会話をすべて翻訳。

この程度ならアビリティの自動翻訳でお茶の子さいさいだし、英語担任もそれを知っていて俺に解かせた節もあるし。

「さすがアメリカに行っていただけあるわね。語学も堪能だし、今の乙葉君なら世界中のどこの国でも生活できるわよね？」

「まあ、会話は可能ですが、だからといって生活できるかどうかはわかりませんけどね」

「そうなの？　でも魔法って便利よね。世界中の言葉を魔法で翻訳できるのでしょ？」

「その気になれば、翻訳家もできますよ……でも、生活スタイルについては一から学ばないとなりませんからね。それじゃあ」

壇上から下りて席に戻る。

そして俺の解答についての補足を加える先生をよそに、俺は窓の外をぼーっと眺めていた。

………………

……

…

「なんだろう？　乙葉くんって今日一日、ずっとそんな感じですよね？　なにかあったのですか？」

部活の時間。

新山さんが俺に問いかけてくるので、ふと頭を傾けてしまう。

そんなにぼーっとしていたかなぁ⁉

「なにか……まぁ、あったというかなにもないというか。今さ、この瞬間にもサンフランシスコでは妖魔相手に戦っている人がいる。日本でだって、妖魔特区付近では特戦自衛隊やヘキサグラム日本支部のメンバーが救援活動を行っているじゃないか」

「うん。私も明日の夕方には、第二時計台病院で魔術治療の仕事が入ってますけど。私たちは、私たちにできることをやっていくしかないんじゃないかなぁって思いますよ」

「まあ、そうなんだけどさ……うん、思い詰めたらどんどん感情がネガティブな状態になるわ」

ここは気分一新、なにか楽しいことをしようそうしよう。

妖魔特区の内部調査については、明日の夕方に忍冬師範と一緒に行うって話になっているから、今日はそのための準備をすることにしようか。

――ブゥン
まずはカナン魔導商会を起動して、納品依頼を完了させる。

サンフランシスコでの一件で、しばらく塩漬け状態になっている納品依頼が大量にあったので、ウォルトコ経由ですべて納品。

億単位のチャージが入ったから、これを使ってなにか変わったものを買うことにしようじゃないか。

それにしても、マヨネーズとタルタルソースの追加発注が多いのはなぜ？

それも二日連続だなんて、発注が重複していないか？　まあ、別にいいけれどさ。

「追加システムもなし、新商品は……ってなんだこれ？」

『稼働モニター募集。最新型　魔導鎧《メイガスアーマー》。この画面を見ているあなた、あなた限定のモニターです』

「なにかあったの？」

「ん、まあ、ちょっとね」

そう新山さんにはぐらかす。

だって、今日は部室に美馬先輩と高遠先輩の姿もあるんだよ。二人にはまだ【カナン魔導商会】は秘密にしているので、モニター募集のことは内緒。

（カナン魔導商会で新商品のモニターを募集しているんだけどさ）

（へぇ、なにか面白そうですよね？　なんのモニターですか？）

（魔導鎧《メイガスアーマー》だって。俺の装備も魔導鎧《マギ・フレーム》だから、それの新型なのかなぁ）

（そうかもしれない。ちょっと試してみるわ）

——ポチッ

思わず申し込んだよ、新型機のモニター。

『お申込みありがとうございます。カナン魔導商会オンラインシステムは、選ばれたお客様に満足していただけるサービスを目指しています。転送した魔導鎧《メイガスアーマー》のマスター登録の後、動作確認と戦闘データが自動的に送られるように設定されていますので、何卒よろしくお願いします』

そういうメッセージが画面に浮かび上がったのち、空間収納《チェスト》に魔導鎧《メイガスアーマー》が転送されてきた。

早速装着してみようかと考えて、装備データを確認したんだけど。


「……全高五メートル？　え？　なんだこれ？」

「どうしたの？」

「いや、新装備が全高五メートルって、あの、有馬博士の作った魔導騎士《マーギア・ギア》……あれと同じ感じなのか？　形状といいサイズといい、名前も似たような感じなんだけれど」

「有馬さんのところの、でっかいロボットがどうかしたのか？」


窓際で闘気呼吸を繰り返している有馬先輩が、俺の呟きに反応している。

ここは誤魔化しの一手!!


「新型のモニターを頼まれたんですけど、まだ有馬さんはアメリカなんですよね。俺がまだ向こうにいるって思っているらしくて」

「なるほどなぁ。俺も興味があるんだけど、闘気じゃ動かないんだよな？」

「確認しておきますね」

「頼むよ」

ニッカリと笑ってから、先輩は窓側に戻る。

その近くでは、高遠先輩が足元に魔法陣を広げて、意識を失って口から泡を吹いて倒れた‼

「すげぇ、儀式魔法陣を展開したのか……じゃないわ、新山さん！」

「診断《ディアグノーシス》。うん、魔力欠乏症《チェスト》ですね」

新山さんが慌てて空間収納から魔力回復ポーションと水差しを取り出し、高遠先輩に魔力を送ってから水差しのポーションを飲ませている。

「げふむ、ごぶっ……助かった。川縁に船が迎えに来ていた」

「それ、ダメですから‼ 一体なんの魔術を試していたんですか？」

問題はそこ。

俺の知らない魔法陣が展開したんだよ、理解不能なやつ。

「わからない。自分なりに魔法言語を理解し、独自の魔法を作ろうとして失敗したようだ」

少ししょんぼりとした高遠先輩。

うん、ここは現代の魔術師の出番だよね？

「術式を書き出してくれますか？　精査してみますから」

「うん……これ」

巨大魔法陣の中に、六つの小さな魔法陣が組み込まれている。

それを魔導書に写し取り、手を当てて魔力を込める。

すると、頭の中に分解された術式が広がっていく。

「身体活性化……欲望の変化。変身……安定、いや、定着……自然成長……背を伸ばそうとしたのですか？」

「コクコク」

高遠先輩の作った魔法陣は、【身体成長の術式】。

術式詠唱時に頭の中で思い描いた体に変身するもので、外見を幻影で包むタイプではなく肉体そのものの構成を変化させるものである。しかも副作用までしっかりと抑え込む術式とは……うん、惜しい、実に残念な魔法陣を完成させていたよ。

「ははぁ。この術式すべてがでたらめのように見えて、しっかりと配列されているのが問題なんですね。魔法言語の基礎から学んだ方が、これは理解できるようになるんじゃないですか?」

そう説明してから、本棚に置いてある『魔法大全』を取り出し、先輩に手渡す。

これは去年、カナン魔導商会で購入したもので、まだ祐太郎たちが魔法に目覚めはじめたばかりのときに参考書として購入したやつだ。

魔術の系統が違うため、俺以外は使わなくなった本なんだけど、高遠先輩なら使えるようになるんじゃないかなぁ。

「……借ります。ありがとうございます」

俺から魔導大全を受け取ってから、手書きの翻訳テキストを開いて翻訳を開始。そこは手伝えないから頑張ってください。

「うーん。これは、魔導鎧《メイガスアーマー》は明日にしたほうがいいような」

「明日なら私も近くに向かいますから。ぜひ、見せてください」

「了解さ‼」

これは楽しくなってきた。

全高五メートルの魔導鎧《メイガスアーマー》って、どんな感じなんだろう。

ロム兄さんのようなやつか?

それとも青い闘士みたいなやつか?

明日が楽しみである。

○　○　○　○　○

——翌日放課後・十二丁目セーフティエリア

はい。

まじめに学校に行きましたよ、好奇心に駆られてサボったりしていないからね。

ちなみに部活は休みなので、俺は新山さんと一緒に妖魔特区へ。

「それじゃあ、行ってきますね」

「はいお気をつけて‼」

妖魔特区外にある、第二時計台病院。

ここには俺の作った対妖魔結界が追加配置されているので、妖魔特区内部から救出した人たちや、付近での事故や病気の対応も万全。

護衛の要先生と一緒だから安全だと思うので、笑顔で見送ってあげたよ。

「それじゃあ、調査をはじめるか。今日は大通り一丁目から向こう、創成川の東方面を調査するか」

「了解です。その前に、ちょっといいですか？」

「ん、なにか準備が……またおまえ、なにかしでかしたのか？」

うーん、やだなぁ。

俺がなにかするように見えますか？

そんな渋い顔で見ないでくださいよ。

「新装備のテストですよ、それじゃあ‼」

空間収納《チェスト》から取り出しましたる【召喚の腕輪】。これを装着して魔力を込めると。

——ブゥン‼

俺の目の前に、直径八メートルの巨大魔法陣が出現する。

そしてそこから、立ち膝状態の巨大なロボットが姿を現したんだけど、なに、これ？

『初期稼働確認。腕輪の主人をマスター登録しました……』

腕輪を通して、念話で声が聞こえてくる。

それと同時に、頭の中に操作方法が次々と流れ込んでくる。

かたや忍冬師範と救助隊の特戦自衛隊のメンバーは、召喚された魔導鎧《メイガスアーマー》を見て口をぱくぱくしている。

『機体コード登録、名前をつけてください』

（名前……ねぇ）

真紅のロボット。

大きさはほら、あのロボットのゲームのあれぐらい。

一時期、等身大のプラモデルが公開されたブラストなランナーのやつ。

あんな感じで真紅の機体。

（真紅の機体……クリムゾン？ ルージュ？）

『ピッ、機体コード、【クリムゾン・ルージュ】で登録しました』

「まったぁぁぉぁぁぁ‼」

思わず大声を出したわ。

俺が言いたかったのは、真紅の英語呼びってクリムゾンだっけ、ルージュだっけって意味で、機体名じゃないわ。

そう叫んだけど時すでに遅し。

機体コードが登録されましたわ、はぁ。

「なあ浩介。これはなにか説明してくれるか？」

「えーっと、俺が錬金術で作った【対大型妖魔用 魔導鎧《メイガスアーマー》】です。こうやって、乗り込みます」

――ガゴン
クリムゾンの胸部に近寄って、隠れているハッチを開くレバーを引く。

すると気化魔力が蒸気のように噴き出し、コクピットハッチが開いた。

中身はシンプルで、コントロール方法は椅子の左右に浮いている水晶玉を手に、頭の中で動作を念じるだけ。

フットペダルとか、武器管制用トリガーとかも存在するけど、基本的には『念話式誘導制御』っていう最新型システムが搭載されているらしい。

そのあたり、あとでじっくりと解析させてもらうよ？

「もう……どこから突っ込んでいいんだかわからん。それで調査に向かう気なのか？」

「いや、稼働テストがしたかっただけでして……」

——ガゴン
ハッチを閉じて、椅子の両側に浮かぶ機体制御球《コントロールオーブ》に手をかける。

そして魔力を込めると、俺の座っている全周囲が透き通っていった。

下を見るとクリムゾンの脚部と地面が、左右には腕が見える。

ちょうど胴体部分が透明化し、立っている人間が周囲を見渡す感じ。

そして機体を稼働させた瞬間に、体の中から魔力が引きずり出される感覚がある。

「初期稼働用のエネルギー補充……そして、魔導リアクターが稼働すると」

——グゥオングゥオン
騒々しい音が背後から聞こえると、やがて音は小さくなり最後には消えていく。

その段階で、初期稼働準備がすべて完了。

うん、今日はこのあたりにして、明日、趣味全開で楽しませてもらうことにしよう。

——ガゴン
ハッチを開いて外に飛び出すと、魔導鎧《メイガスアーマー》クリムゾン・ルージュを魔法陣の中に収める。

そして忍冬師範の方を見ると、腕を組んで困り果てている姿が見えていた。

ちなみにその背後には、内部の様子を放送するためのテレビ局のカメラが回っていたらしく、俺、またしてもやっちまいましたか?

進退両難!百聞は一見にしかず!(これ、予想より酷くね?)

妖魔特区内、菊水方面。

大通り一丁目から東、創成川を挟んだ向こう側から、豊平川を越えて菊水方面まで結界は広がっている。

直線距離にして一・五キロメートルまでの密林地域が、今日の調査区画。

「浩介が見たという、正体不明の魔族……妖魔が逃げ込んだ地域が、この先なんだが」

「ええ。羅睺さんたち三人で追い込んだとかいう話でしたよね」

空間収納《チェスト》から取り出した報告書では、そのように記されている。

しかし、俺でさえ逃げたあの化け物を追い込んだとは、マジで元八魔将は凄いわ。

やっぱり魔将クラスになると、その辺の魔族とはなにかが違うんだろうなぁ。

白桃姫にだって勝てる気がしないし、百道烈士《くどれっし》には実質殺されたようなものだし。

クリムゾンが祐太郎やりなちゃん相手の手合わせをしているところを見たけど、子ども相手に遊んでいるように感じたんだよなぁ。

「計都姫の風の術式、チャンドラ師範の機甲拳《パンツァード》、そしてマスター・羅睺の魔導体術《マギ・カタ》。それで追い込んだものの、森と同化して消息不明って書いてありますよ。マスター・羅睺のマギ・カタかぁ……俺のと違って格好よさそうだなぁ」

「浩介、横道に逸れるな。報告書を確認したあと第六課と特戦自衛隊で調査を行ったが、消息が掴めていない。少なくとも創成川から西の方での発見報告もなく、やつが発している魔力波長も確認できていないそうだ」

そうなると、やつの逃げた先は、川から東。

結界の残り半分の区画のどこか。

そして厄介なことに川の向こうは大森林地帯へと変容しているため、建物も廃墟のように崩れてしまっている。

いや、ちょっと待って、以前にもこのあたりには調査で来たことがあったけど、ここまで酷くはなかったよ？

「……あの、忍冬師範。川の向こうって、こんなに酷かったですか？」

「いや、マスター・羅睺が活性転移門とやらを追い込んでから、一気に変容した。計都姫いわく、魔族固有の能力の一つで、テリトリーを作るものらしい」

「つまり、ここから先はやつの世界ということですか」

——ゴクッ
息を吞む。

ここから先は、慎重にいかないとならない。

俺たち以外にも特戦自衛隊のメンバーが四人とヘキサグラムの戦闘員が二人ほど同行する。

ちなみに機械化兵士《エクスマキナ》のゴーグルは創成川を挟んで西側地域の詳細調査に駆り出されたらしく、特戦自衛隊と合同調査を行っているんだとさ。

日米安保理の範囲内とかなんとかかんとか、詳しいことは知らないけどね。

「まあ、それで早速だが、前方から走ってくる狼型魔獣八体、倒せるか？」

――グワウグオゥゥゥゥゥ
体のあちこちが硬質化し、鎧を纏ったように変化したオオカミが八体。そんなやつらが唸り声を上げて、こちらに向かってくる。

「特戦自衛隊は戦えるのですか？」

「魔獣相手なら、実体化しているので武器が通用します」

「あまり、我々を舐めないでいただきたい」

――ガチャン
背中からグレネードランチャーを引き出すと、自衛隊員たちはそれを腰だめに構える。

そしてすぐさま狼たちに向かってランチャーを構えると、トリガーを引いた。

――ドゴッドゴッ！

打ち出された弾丸が十字架型に展開。

ゴムスタンガンのような作りになっているが、それが直撃した狼たちは後方に吹き飛び、そのまま意識を失った。

「へぇ……俺、見ているだけでいい？」

「左の二つを相手してくれたらな……機甲拳《パンツァード》、一の型っ！」

え？

忍冬師範、いつのまに機甲拳《パンツァード》を覚えたんだ？

そう思って見ていると、祐太郎よりも綺麗な動きで狼たちの頭を殴り、粉砕していた。

「……うわぁ。祐太郎ほどの破壊力はないけど、機甲拳《パンツァード》を覚えたのですか？」

――キィイイイン

そう問いかけつつ、右手で高速印を組み込み、二頭の狼めがけて無詠唱発動‼

「範囲拡大、効果四倍……オフリミッター・力の矢《フォースアロー》！」

――ドゴドゴドゴドゴォオォオォオッ

一頭あたり四本の力の矢《フォースアロー》。

しかも魔導紳士モードでの、対魔族用手加減なし状態。

二頭とも体があらぬ方向に捻じ曲がり後方に吹き飛んでいく。

残った二頭をヘキサグラムの戦闘員たちが対処して、ここの襲撃は完了。

二人の特戦自衛官が狼のサンプルを後方に運ぶため、いったんここで待機となる。

「……あの、サンプルってすべて回収するのですか？」

「いや、既に回収済みの個体なら、穴を掘って埋めるか集めてから焼却する……のだが」

そう説明してくれている最中に、目の前で倒れた狼たちがス～ッと消える。

そしてその場には、魔石が転がっているだけ。

『ピッ……創成川から東区画、菊水方面に至るまでは、未確認魔族のエリアとなっています。効果は、フィールドのダンジョン化』

「ダンジョン化？　なんじゃそりゃ？」

「浩介、なにか知っているのか？」

「い、いや、ちょっと俺にも判別がつかないもので……瀬川先輩‼」

なにが起こったのか、俺にも理解できない。

そういうときは、我らがブレーン、先輩の出番です。

『ピッ……こんにちは。なにかあったのかしら？』

「ええっとですね、今、妖魔特区東方面、バスセンターから菊水方面に調査をはじめたところなのですが……」

淡々と、今起こったことをありのままに説明する。

それはもう、ジャン・ピエールさんのように。

そうすると、先輩も少し時間が欲しいと告げたので、しばし待つことにしたよ。

幸い、自衛隊員が到着するまでは時間があるのでね。

〇〇〇〇〇

乙葉くんから連絡がきました。

なんでも、妖魔特区の中で異変が起きたそうです。

以前の、百道烈士《くどれつし》が妖魔特区を作り出し、内部が鏡刻界《ミラーワーズ》のように環境変化を起こしたときとは、様子が違うそうです。

とりあえずは、乙葉君との会話の中に出てきた単語を深淵の書庫《アーカイブ》に入力。そのまま解析をお願いします。

「深淵の書庫《アーカイブ》。妖魔特区内部で発生した、一部区画のダンジョン化について検索……王印ともリンクして詳細の提示をお願いします」

『王印とのリンクスタート……魔皇データベースより、ダンジョン化についてのデータを検索完了。引き続き魔導スクリーンに情報をアップします』

「了解。よろしくお願いします」

『ピッ……』

私の胸元に埋まっている王印。

深淵の書庫《アーカイブ》が王印とリンクを開始、内部に納められている魔皇のデータベースから、鏡刻界《ミラーワーズ》でのダンジョンの発生原因について検索を開始。それは瞬《また》く間に完了すると、魔導スクリーンに詳細データが表示されました。

ダンジョン化とはつまり、特定空間がダンジョンに変化すること。

ダンジョンとは、瘴気を吸収し成長する『ダンジョンコア』が作り出す『狩場』のようなものであり、中に入り込んだ対象者の欲望を読み取り、その願いを叶える物質を魔力によって作り出すことができる。

それを求める人間たちの魂を刈り取り、ダンジョンコアの養分とする。

そうしてダンジョンコアは成長を続け、危険で複雑な姿に進化を続ける。

「……なるほどね。この現象は鏡刻界《ミラーワーズ》では突発的に発生することであり、自然災害の一種として認定されていると。それで、今回のケースも、おそらくは活性転移門が引き起こした災害程度の認識である……ふぅん。厄介なこと、この上ないわね」

すぐに乙葉くんに連絡を入れると、彼は彼なりになにか対策を考えてみると返事が返ってきました。

「ふぅ……それにしても、魔皇さんたちは、どうしても私を魔人王にしたいのですね？」

魔皇データベースにアクセスすると、定期的に魔人王継承の儀に参加しないか、魔人王にならないかと囁《ささや》いてきます。

鏡刻界《ミラーワーズ》で唯一、初代魔皇からの力を継承した王印。

それが宿るということは、私こそが次期魔人王であると伝えてきます。

「はぁ。私にはその気がないこと、鏡刻界《ミラーワーズ》にも行く気はないこと。それは以前からも説明しましたよね？」

王印に向かって諭《さと》すように説明する。

『活性転移門の対応方法を知る魔皇もいるぞ』

『妖魔特区の結界の解析もできている。今よりも強い力を得ることができるぞ？』

『君はすでに、侯爵級魔族を超えた存在。魔族として覚醒しているではないか？』

『なぁに、魔人王になったからといって、鏡刻界《ミラーワーズ》に行く必要はない……』

そんな誘い文句が頭の中を駆け巡ります。

だからと言って私の精神を侵食したり、支配したりするということはないそうで。

王印に眠る魔皇は、王印所有者に有益な力を与えるそうで。

私の場合は『深淵の書庫《アーカイブ》の拡張機能』『戦闘領域展開』という二つの能力が覚醒したそうです。

ですが、先ほどのような重要情報を得るためには魔人王として立つ必要があるそうで、それらの情報の中には魔人王のみが知り得る伝承も存在するそうです。

「そうね。その伝承とかには興味がありますけれど、深淵の書庫《アーカイブ》で見ることは可能なのですか？」

『……』

「ふぅん。沈黙が解答、ですわね。まあ、私としてはサンフランシスコ結界と妖魔特区を解放する手段がわかればかまいませんけど」

『……結界魔を滅ぼせば可能。彼らは結界を作り出す特化能力魔族。だが、彼らを見つけることは不可能』

あら？　私の深淵の書庫《アーカイブ》、乙葉くんのサーチ能力、築地くんの闘気感知。これだけの能力者がいても無理なのでしょうか？

そう問いかけると、深淵の書庫《アーカイブ》が一つの答えを弾きだした。

『妖魔特区を形成した結界魔たちは、乙葉浩介によって開かれた転移門を通って鏡刻界《ミラーワーズ》に逃げた。サンフランシスコ結界を形成した結界魔たちは、活性転移門の解放時に向こうの世界に送り出された。二つの世界は別空間の存在ゆえ、向こうの世界で彼らが滅んでも、こちらの世界には干渉しない』

つまり、向こうの世界に逃げられた時点でおしまいってことなのね。

はぁ、これは諦めるしかないのですね。

『結界消去術式を所持している魔皇も存在する。その使用許可を出せるのは、魔人王のみである』

はぁ。

どうしても私に、魔人王になれというのですか。

なにも変わらない、私が私であり続けるのでしたら考えなくはないですが……その話はまた今度にしましょう。

乙葉くんから、またなにか連絡がくるかもしれませんからね。

○　○　○　○　○

「……ということで、このあたり一帯が活性転移門のエリアで、生き物を殺して吸収して、力をつけているそうです」

先輩から教えてもらった情報を忍冬師範に伝える。

後方では、連絡を受けてやってきた特戦自衛隊の人たちが魔石を回収して、また戻っていく姿が見える。ヘキサグラムや俺が倒した分の魔石も持って行こうとしたので、問答無用で取り返したよ。

「つまり、この付近で魔獣とかと戦闘した場合は、すべてが活性転移門の成長に繋がる。可能なら、この場所以外での戦闘を行う必要があると」

「そんなバカな話があるか‼ そんな不可解な情報を鵜呑みにするわけにはいかない」

「ミス・瀬川の深淵の書庫《アーカイブ》の回答がそれなら、我々としても今後の活動を再考する必要がある」

俺の話を真っ向から信用しない特戦自衛隊と、すべて信用するヘキサグラム。

ええ、特戦自衛隊はそうでしょうよ。

不可解な情報といえばそのとおりですし、死んだものが突然謎空間に吸収されるって言われても、信じるはずがないよね。

でも、実際に戦闘した自衛官たちは、自分たちの見たことを必死に説明している。

百聞は一見にしかず、まさにそれ。

「まあ、第六課は瀬川女史のアドバイスを信じる。その上で、調査を続ける。不必要な戦闘は行わず、可能ならダンジョン化した区画の正確な広さを調べたいところだな」

「同感です。それに加えて、活性転移門の居場所も特定したいですね」

よくよく考えるとさ。

ここで起きたことは、そのままサンフランシスコ結界の中でも起きるんだわ。

それどころか、世界中に姿を現した活性転移門の影響で、いつ何処《どこ》が此処《ここ》みたいにダンジョン化するか予想もつかない。

それなら、今は少しでも有益な情報を入手した方がいいよね。

うん、死亡フラグ待ったなしに感じるのは、気のせいじゃないよなぁ。

博施済衆。月に叢雲、花に颪（ハードすぎるわ、ガチすぎるわ）

――ドッゴォォォォォォン

妖魔特区・東エリア。

豊平川を越えた先、菊水方面に到達したとき。

俺たちは、信じられないものを見た。

河川敷の菊水側から百メートルほど先に、巨大な城壁が完成していた。

高さ二十メートルほどの城壁の上では、オオカミの頭をした魔族が歩いており、俺たちを見た瞬間に巨大な砲丸を投げつけてきた。

「下がれ！　いったん豊平川の向こうまで戻るぞ‼」

「なんだなんだ、この先でなにが起きているんだよ‼」

「乙葉ぁ、貴様は魔術師だろうが、あの程度の魔族、貴様の魔法で吹き飛ばさんかぁ‼」

「いきなりそんなことできるわけないじゃないですか、特戦自衛隊こそ国民を守る義務があるんでしょうが、先陣を切って話し合いなり交渉なりしてきてくださいよ‼ついでに俺も守ってくださいよ」


――ドッゴォォォォォン、ドゴォォォォォッ

飛んでくる砲丸をかわししながら、俺たちは半ば喧嘩のような状態で叫びつつ川を越える。

どうやらここまでは砲丸も飛んでこないらしく、いったん体勢を整え直すことにしたんだけど。

「浩介、鑑定はできたか？」

「いや、無理っす。止まって集中しないと。チラ見での鑑定は安定しないんですよ」

「そうか。せめて白桃姫がいてくれたなら、なにか話を聞けたかもしれないが……」

「それならいったん、テレビ城まで戻りますか。あの場所には、白桃姫の留守を預かっている配下の魔族がいるはずですから」

「ここで撤退するだと‼ちょっと待て、はい、荻原です」

そう叫ぶ、特戦自衛隊の萩原3佐。だけど、すぐに通信が入って話をはじめたよ。

ついでに現状の報告をしているようだけど、どうなることやら。

――カチッ
「いったん、十二丁目セーフティまで撤退する」

「だよなぁ。さすがにこの人数で、あの規模の魔族相手に戦闘なんてしたくないわ」

「それで浩介、お前が全力で戦ったとしたらどうなる？」

「正直いって、わからないですね。相手のデータもなにもない状態で、全力で突っ込むほどアホじゃありませんから」

俺の場合。

感情が限界を超えると、攻撃的になってしまう節がある。

新山さんの救出のときといい、この前のマグナムを全力でぶん殴ったときのように。

魔力が枯渇寸前になるまで魔法をぶっ放すから、制御する術を覚えるか心を鍛えないとさ。

感情に任せて爆発するなんてこと、そんなにやりたくないから。

「正しい判断だな。それじゃあ、いったん戻ることにするか」

「了解です……しっかし、なんだろ、あの砦は」

菊水方面っていうのが嫌なんだよ。

あの砦の向こう、地下鉄・菊水駅の向こうが結界の最東端で、そこから数百メートル先が俺や祐太郎の家だからなぁ。

こうして近くまで来てみると、改めて結界が邪魔なことに気がつくわ。

○　○　○　○　○

――札幌市・北海道大学

大学での用事を済ませて、校舎から出る。

少し離れた場所、クラーク像の手前まで妖魔特区の結界が来ているけど、観光客は結界のこちらからクラーク像を眺めたり、近くまで寄って写真を撮ったりしています。

札幌市中央区にある妖魔特区は、北大の南方にも少しだけかかっていまして。そのためか、大学構内の植生も少しずつ変化をはじめています。

結界隣接部の植生もゆっくりと変化していて、時折小さな大根や長ネギが走っている姿も見えるそうで。

まあ、乙葉くんたちと捕獲して解析した結果、やや辛みは強いものの食べても毒性はないという結論に達したので、今は放置しています。

「さて。これからどうしましょうか」

自分がなにをするべきか。

改めて考えてみる。

王印の正式所有者で契約者。

この時点で次代魔人王としての条件をクリアしているそうです。

ニューヨークのガバナーズ・フォートレスでの王印との契約、そして魔族としての覚醒。

これだけでもお腹がいっぱいなのに、今度は次代魔人王になれと、魔皇たちが囁いてきます。

ええ、あとは私が王印を掲げて、魔人王となることを宣言するだけ。

継承の証である王印が私と同化している時点で、継承の儀は宣言だけで終わってしまうそうです。

ですが、そのことを知らない魔族たちは、鏡刻界《ミラーワーズ》で魔人王となるべく野心を抱き暗躍していると思われます。

事実、憤怒のマグナムを筆頭に、元十二魔将が次代王となるために勢力争いをしているようです。

そしてマグナムのような野心を持つものが魔人王となったとしたら、再び私たちの世界を脅かすでしょう。

すでにマグナムの派閥はサンフランシスコを手中に収めるだけでなく、世界の各地の水晶柱を活性化させ、転移門を再構築しはじめました。

永田町で見た活性転移門、その近くを通る高魔力所有者を無差別に襲う存在。

あのようなものが出現したというのなら、本格的に私たちの世界も危険であるといえるでしょう。

『覚悟を決めるか？』

『ユー、魔人王になっちゃいなヨ‼』

『我ら魔皇としても、貴殿が魔人王となるのならすべてを託す所存』

『っていうか、ほとんど深淵の書庫《アーカイブ》に持っていかれたけどね。さすがはムーンライトの巫女だけのことはあるわね』

「はぁ……また、魔皇の皆さんは勝手なことを……」

目の前に広がる、妖魔特区の結界を眺めつつ、ため息一つ。

私が踏ん切りをつければ、答えはすぐなのでしょう。

『それなら、魔人王になって解決するべきことを終わらせたら、引退して誰かに引き継げばいいじゃん』

『そうそう。それならすべての憂《うれ》いも一瞬で解決』

「え、そんなに簡単に引き継げるものなのですか？」

『まぁね。我ら魔皇が認めるものならば』

『高濃度の魔力を持つ、魔族の血を引くものなら』

『普通の魔族じゃダメだからな。あんたみたいに伯爵級以上の魔力保持者でないと』

なんでしょうか？

今、聞き捨てならない言葉が聞こえてきましたけど？

「あの、今、私が伯爵級以上の魔力を持っているって話しましたか？」

『まあ、ムーンライトの加護で人間並に抑えられていますけどね』

『簡単な計測では伯爵級以上、おそらくは侯爵級と同等にまで成長するはずだ』

「……嘘でしょ」

私の胸元には王印が埋め込まれています。

そして父である銀狼嵐鬼《ぎんろうらんき》、その力が私にも宿っています。

そう考えると、いつも父に守られているような感覚が溢れてきます。

ムーンライトは、私にも伝えましたわ。

世界に魔法を広めるようにと。

でも、私の魔法は特殊すぎて、基礎しか伝えることができない。

それならば、私のできることをやるだけ。

乙葉くんや築地くんは、いつも正面から戦いに向かう。

世界で唯一の癒しの魔術を使える新山さんは、常日頃から傷つき倒れている人たちに癒しを与えます。

私の力は？

完全情報処理能力？

でも、それだけじゃダメ。

「もっと……みんなのために、大勢の人を救う力が欲しいですわね」。

──カチッ
『深淵の書庫《アーカイブ》より通達。システムのアップデートが始まります……』

「え、なに？　どういうこと？」

『王印契約者の意思により、深淵の書庫《アーカイブ》は魔人王モードに移行。以後、魔人王のみが使用可能なコマンドラインの七十五％が解放されます』

『魔皇より、継承者である瀬川雅に通達。全魔皇のうち八割が瀬川雅を魔人王と認めます。これにより、簡易的ではありますが、魔人王継承の儀を開始します』

「ちょ、ちょっと待って‼」

私が叫ぶと同時に、深淵の書庫《アーカイブ》が虹色に輝きはじめました。

おそらく周囲の人たちは、なにが起きたのか理解していないでしょう。

私にもなにが起きたのか理解できませんけれど。

『まあ、なるようになるわよ。あなたには、私の加護があることを忘れないでね……あなたは変わらない。あなた自身である限り……』

その声は、私に神託をくれた貴腐神ムーンライト。

ええ、わかりました。

これが運命というのでしたら、私はすべてを受け入れましょう。

○　○　○　○　○

——鏡刻界《ミラーワーズ》・魔大陸中央王都
魔人王の居城、その一角にある十二魔将の執務室。

次代王が決まるまでは、現行の十二魔将は暫定処置として執務に当たらなくてはならない。

だが、そのほとんどが裏地球《リヴァース》に封じられているか、もしくは次代王となるために城から出て行ってしまった。

国の政が停滞しないよう大勢の事務官に指示を出しているのは、元十二魔将第十二位・虚無のゼロ。

白いローブに身を包み、牛の骸骨のような仮面をつけた男。

「……書類が溜まっている」

先日も夜遅くまで事務仕事をしていたゼロ。日付が変わる前には仕事を終えて帰宅したのだが、今朝方早く登城し執務室にやってきたとき……すでに大量の書類が、机の上に積み上げられていた。

これもいつものことと、一番上にある書類を手に取り、目を通そうとしたとき。

——チリィィィイン
突然、鈴の音が聞こえてくる。

「さて、本日分の仕事の割り振りをして……って、ちょっと待て、なんだ今の音は‼」

——チリィィィイン
再び聞こえてくる鈴の音。

それは、目の前に積まれている書類の束の向こう。

魔人王継承の儀を宣言した際に姿を現した【儀式の羽根】と呼ばれる魔導具が、鈴音を発しつつ赤く染まりはじめた。

この儀式の羽根は、魔人王継承の儀が進むにつれて色が変化する。

まず魔人王の儀を開始すると宣言したとき、このときはまだ純白。

そして継承の儀が第二段階、第三段階へと進むにつれて、羽根の色は先の方がゆっくりと赤く染まっていく。

そしてすべてが終わり『新たな魔人王』が誕生すると、羽根は深紅に染まり鈴音を発するようになる。

「ば、馬鹿な、継承の儀が終わりを告げるだと？　それはつまり、王印所持者が魔人王を宣言したということか‼」

──ブゥン
ゼロの叫びと同じタイミングで、彼の目の前に王印が姿を現す。

「なぜ王印がここに？　まだ儀式は始まったばかりのはずだぞ……まさか！」

『然様。今代の魔人王は、裏地球《リヴァース》にて儀式を行った。ゆえに、我は無用となり、消滅する』

──プシュウウウウ
ゼロの目の前で王印にひびが入り、そして砕け散る。

本来ならば、魔人王の継承が終わると同時に、魔大陸の空に魔人王の姿が映し出される。

だが、裏地球《リヴァース》で魔人王が生まれたがゆえに、鏡刻界《ミラーワーズ》ではその姿を映し出すことも、声が届けられることはない。

──カラーン、カラーン……

ただ、魔大陸全土に、新しい魔人王が生まれたことを告げる『新王即位の鐘』が鳴り響いていた。


………

……

…

──魔大陸・マグナムの居城

サンフランシスコで乙葉浩介にフルボッコにされたマグナムは、ブルーナ・デュラッへの手によりいったん、鏡刻界《ミラーワーズ》に帰還していた。

その怪我はひどく、あと数ミリ程度で彼の魔人核が傷ついていたレベルである。

また、普通の打撃ではなく、乙葉が無意識に神威を纏っていた打撃であったが為、マグナムが普段から身に纏っていた『魔力反射の衣』ですら無力化されていたのである。

未だ折れた骨が接合することはなく、さらに霧散化する力すら失われている。

もしも霧散化できたのなら、適当に魔力の高い相手に憑依して生気を奪うことで、回復度合いは飛躍的に高まっていたであろう。

だが、それすらままならない為、今は自然治癒を待つしかない。

「……ブルーナよ。早く治癒師を探してこい」

「今、配下のものに手配しております。ですが、魔族の体を癒せる治癒師の存在は希少であり、そのほとんどが前回の大侵攻時に消滅しております」

「……糞っ、あのいまいましい魔術師め。我が魔人王となった暁には、あやつの生肝を抉り取って祭壇に捧げてやる……って、なんだこの音は？」

――カラーンカラーン、カラーンカラーン

室内にいるにも関わらず、ベッドで横たわっているマグナムにも、そのそばにいたブルーナの耳にも鐘の音が聞こえて来る。

「……まさか‼」

ブルーナは悟った。

慌ててベランダに飛び出して空を見上げる。

もしも魔人王が生まれたのなら、その姿が空全体に浮かび上がっているはず。

だが、その姿はどこにも見えない。

透明な魔族か？

いや、それとも姿を見せたくないのか。

いずれにしても、魔人王が生まれたのは事実である。

そしてマグナムも思い出した。

先代魔人王であるフォート・ノーマが生まれたときの鐘の音と同じもの、それが頭の中にも届いたのである。

「ま、待て、まだ私はここにいる。継承の儀は、禊《みそぎ》は始まっていない‼なぜ魔人王が生まれた‼」

マグナムは体を起こして叫び、その激痛にまたベッドに崩れる。

その姿を見て、ブルーナとマグナムの側近が彼に近寄る。

「ブルーナ、誰が魔人王になった‼この私を差し置いて‼」

「わかりません。ですが、先ほどの鐘は間違いなく『新王即位の鐘』です。新たな魔人王が生まれたのは事実、問題はその姿が見えないことです」

「探せ‼なんとしても探し出し、王印を奪え‼」

「了解です、では、失礼します」

丁寧に頭を下げると、ブルーナは部屋から出ていく。

そして急ぎマグナムの居城から出ていくと、今一度、空を見上げていた。

「なぜ、姿が見えないのだ……虚無のゼロ様なら、なにかを知っているかもしれないな」

魔人王継承の儀を審判する立場にある【虚無のゼロ】。

彼ならなにかを知っているかと思い、ブルーナは中央王都へと向かうことにした。

驚天動地！猿も木からムーンサルト（予想外だわぁ）

——鏡刻界《ミラーワーズ》ミラーワーズ・魔大陸中央王都
魔人王の居城、その一角にある十二魔将の執務室。
次代王が決まるまでは、現行の十二魔将は暫定処置として執務に当たらなくてはならない。

その執務室の一つ、虚無のゼロの部屋には、大勢の魔族が集まっていた。

部屋の中に入ることができず、外にも大勢の魔族が溢れかえっているその様子は、誰がみても異常事態が発生したのだと理解できる。

そして室内には元十二魔将たちが集まり、此度《こたび》の魔人王のことで話し合いをはじめようとしていた。

「ゼロ‼お前ならどこの誰が魔人王になったのかわからないか？」

元十二魔将第六位、嫉妬のアンバランスがゼロに向かって問いかける。

その他にも、第七位・傲慢のタイニーダイナー本人や、他の魔将側近たちも集まっている。

誰もが、つい数時間前の『新王即位の鐘』の真偽を知りたかったのである。

いや、それが嘘偽りのないものなのは、彼らも理解している。

問題は、【誰】が魔人王となったのか。

「まあ待て、ここでは狭すぎるし部下の仕事にも支障が出る。会議室へ向かうぞ」

「おう。そうしてくれると助かる」

「ゼロがそう告げるということは、なにか情報があるということだな？」

「まあ、な。すべてではないが、ある程度の情報は得ている」

そう説明して歩きはじめるゼロ。

その後ろについていく側近たちの中には、ブルーナの姿もあった。

（この混乱状態……これは、うまく情報を得てから動かないとまずいですね）

マグナムのためではない。

すべてはファザー・ダークのため。

今のブルーナにとって一番都合がいいのは、マグナムが魔人王になること。

そうなると、彼の元で王印を奪うタイミングを計ることができるから。

手駒の存在しないマグナムなど、ブルーナにとっては敵ではない。

魔人王の能力である【百鬼夜行】が発動する前に、後ろから始末するだけ。

ゆえに今回のようなケースは非常にまずいと、ブルーナも苦虫を噛みつぶしたような表情で会議室へと足を進める。

魔人王になったものによっては、相性が悪すぎて手が出せなくなってしまうから。


………

………

……

――カツカツカツカツ
やがてゼロに付き従っていた魔族たちが会議室にたどり着く。

席に着くのは魔将及びその側近。

その他に集まってきた伯爵級魔族たちは、席の後ろに並び、ゼロが言葉を発するのをじっと待っている。

「では、まずは皆が知りたいことから説明しよう」

ゼロが周りの魔族を見渡したのち、ゆっくりと口を開く。

「魔人王継承の儀が始まる前に、魔人王が即位した。これは紛れもない事実であるが、その姿が空に浮かび上がらなかった……」

「そこだ。なぜ、今代の魔人王は姿を現さない?」

「まあ待て、最後まで聞けば理解する。あの鐘が鳴る直前、私の目の前に王印が姿を現した」

――ザワッ
そのゼロの言葉で、会議室の空気が凍りつく。

ゼロが魔人王となったのかと訝《いぶか》しむ者や、頭を垂れようとする者もいる。

だが、ゼロの言葉の続きを聞いて、一部の魔族は絶句した。

「そして、王印は役目を終えて砕けた……」

「それってつまり、王印は魔人王の証では無くなったと？」

「違うわ。ゼロ、失われていたオリジナルの王印を受け継ぐものがあらわれたということなのね？」

タイニーダイナーの問いかけに、ゼロが静かにうなずく。

「さよう。我々魔族にとって、王印は魔人王の証。フォート・ノーマが所有していた王印はオリジナルではない。裏地球《リヴァース》にて失われたため、ファザー・ダークが新たに授けたもの。それが必要無くなったということは、そういうことなのだと判断した」

「それで、さらに魔人王の姿が浮かばなかった……魔人王は、裏地球《リヴァース》にあらわれたのか!!」

アンバランスの問いに、ゼロはうなずく。

だが、それがわかったからといって、魔人王の元に向かうことができない。

「裏地球《リヴァース》で魔人王が即位した。その場合、誰が魔人王となったのか……可能性があるとするならば、我々にとって良手なのは怠惰のピク・ラティエ。彼女が魔人王ならば、安寧《あんねい》とした時代が訪れるだろう。裏地球《リヴァース》侵攻はならぬと思うが、それもまた時代の流れ」

ゼロが淡々と告げると、魔族の過半数は頭を縦に振って納得する。

実力ならばピク・ラティエは充分、魔人王としての資質を持っている。

生来の物臭《ものぐさ》さは、彼女を補佐する新たな十二魔将が補えばいい。

「最悪のケースは、伯狼雹鬼《はくろうひょうき》の台頭か。原初の魔族の一人、ファザー・ダークの側近だった存在。神に近い魔族であり、トップクラスの武闘派だからなぁ」

腕を組んでアンバランスが呟く。

もしもそうなったら、魔大陸は人間の住まう大陸との戦争に突入するかもしれない。

魔族こそが世界の支配者、それを唱える伯狼雹鬼《はくろうひょうき》は魔族たちにとっても危険な存在である。

「ここまでが、私の知る真実と仮定。その上で、この場の上位貴族に、【儀式管理公爵家】である私から問いたい。今回の魔人王継承、異議があるものは？」

異議があったからといって、決定が覆《くつがえ》ることはない。

ただ、牙を剥くものがあるかどうか、それをゼロは知りたい。

ブルーナを含む【ファザー・ダーク派】は、誰が魔人王になろうと目的は一つ。

それゆえに反対などしない。

そしてその場の魔族も、王印の決定に異を唱えるようなことはない。

それも、オリジナルの王印が魔人王を選定したということは、実力が備わっている証拠であるから。

また、それが足りないとしても歴代魔皇の力を受け継いだ魔人王の誕生となるなら、誰も逆らうことなど不可能である。

「では、儀式管理公爵家、虚無のゼロの名において、魔人王継承の儀の終了を宣言する！　新たなる魔人王が姿を表すまでは、私が選んだ【暫定十二魔将】によって執務その他を取り仕切ることとする、以上だ‼」

——ザッ！

その場の全員が、ゼロに頭を下げる。

この場で最も力を持つものが、彼であることを誰もが知っているから。

十二魔将の階位こそ低いが、実力ならばピク・ラティエの次であることも、誰もが理解している。

やがて一人、また一人と魔族たちが部屋から出ていく。

最後に残ったのは、ゼロ、アンバランス、タイニーダイナー、そしてブルーナの四名のみ。

「ブルーナはマグナム代理ということか？」

「ええ。裏地球《リヴァース》で魔術師に殺されかけたマグナムさまの代行ということで、かまいません。この場の決定は、しっかりと伝えますので」

「マグナムには、次代の魔将の席はない。先代を殺害したものが、次の魔将に選ばれることはないからな」

しっかりと釘を刺すゼロ。

フォート・ノーマ暗殺の件、実力主義の魔族にとっては世代交代の一つと捉えているのだが、次代王がマグナムを十二魔将に選ぶとは考えられないから。

「それも伝えておきます。ですので、今は暫定措置として、執務代行その他の話し合いに参加することだけはお許しください」

「それはかまわないし、むしろ助かる。マグナム本人ではなく、ブルーナが代理として暫定政府の一員となるなら助かるからな」

「それじゃあ、魔人王不在時の暫定政府の立ち上げをはじめますか……アンバランスもかまわないわよね？」

「俺は、あのマグナムが魔人王でないのならかまわんよ」

テーブルの上に足を放り投げて、ニヤニヤと笑うアンバランス。

その態度にブルーナがどんな反応をするのか、それが見たかったのだろうが。

だが、ブルーナは表情を変えることなく、その場でゼロたちの話を静かに聞いているだけ。

いくら水晶転移能力保持魔族であっても、その水晶柱の存在しない魔大陸ではなにもすることができない。

この場にくるときに使用した活性転移門は、その形こそ留めているものの魔力が欠乏して、ただの置物の門に代わっている。

（なんとか裏地球《リヴァース》に戻る算段を取らなくては。そのためにも、水晶柱を手に入れなくては……）

現状、鏡刻界《ミラーワーズ》に残された水晶柱は一つ。

フェルデナント聖王国が所持する一柱のみ。

その解放先は日本国永田町、国会議事堂敷地内であるが、乙葉浩介が魔力蒸散用魔導具を設置している。

こちらから開くことはできないが、ブルーナならばそこを通ることは可能かもしれない。

もっとも、そのブルーナもフェルデナント聖王国の水晶柱のことは知らない。

「では、話し合いをはじめよう……」

歯がゆい思いをしつつも、ブルーナはマグナムの動きを牽制するために、この場に留まることにした。

○　○　○　○　○

――カラーンカラーン‼

『魔人王即位の鐘』は、地球でも響き渡っている。

それは、未だ地球に存在するすべての魔族の耳に届き、それを聞いたものは慌てて外に出て、空を見上げる。

人間には見ることができない、魔族の魂である魔人核が捉える『新たなる魔人王』の姿。

そこには、一人の人狼の姿が浮かび上がっている。

銀色の体毛を持つ女性型狼人。

頭部には耳を模したツノが後ろに向かって生えている。

体の八割が銀毛に覆われ、かろうじて人間とわかるのは頭部と、破り捨てられた布で隠された人間の上半身。

その肩からは二対四本の腕が生えている。

その姿を見た魔族のほとんどが、それが何者なのか理解できなかった。

ただ、胸元に浮かぶ王印が小さな魔法陣を形成し、そこで脈打っている。

「あ、あれが魔人王……」

「銀狼嵐鬼《ぎんろうらんき》か？　いや、やつは男で、この魔人王は女だ……」

円山の喫茶・九曜でも、鐘の音を聞いた羅睺たちが慌てて外に飛び出した。

そして空を眺めると、そこには見たことのない魔族が浮かび上がっている。

顔以外のすべてのパーツ構成は、羅睺の知る銀狼嵐鬼《ぎんろうらんき》そのもの。

だが、浮かび上がっているのは女性。

そうなると、この女性が銀狼嵐鬼《ぎんろうらんき》所縁のものである可能性を考えたが。

「……あれは雅。まさか、銀狼嵐鬼《ぎんろうらんき》の娘だったの？」

計都姫が呟く。

彼女には、魔人王の顔が雅に見えた。

その右目に宿る幾何学模様は、計都姫が見たことのある『深淵の書庫《アーカイブ》』そのものだったから。

「ま、待て計都姫‼そう結論を出すには早い‼」

「まずは事実確認をおこなってからからだ。フォート・ノーマの死去後、魔人王継承の儀を待たずして即位したというのか？」

「あの胸元にある王印。あれは私の知る王印。御神楽さまが所持していたものに間違いはない」

そう言われてから、羅睺とチャンドラが魔人王の胸元に視線を送るが。

――プスッ
計都姫がチャンドラの目を軽く突いた！

「いってぇぇぇぇぇ‼計都姫、なにをしやがる‼」

「チャンドラはエロい目をしていた。エロ、即、斬！」

「そ、そんな余裕があるかぁ‼」

「まあ、まずは落ち着くことが先決。いったん店に戻り、連絡を待つ。こちらからはあまり連絡はしない方がいいからな」

羅睺が告げると、チャンドラや計都姫もうなずいて店に戻る。

新たな魔人王が、この地球上で即位した。

これから起こるのは魔族の台頭か、それとも……。

一触即発、虎の威を借る狐となるか？（色々な思いが交錯する）

新たな魔人王の即位は、全地球規模で大混乱を来している。

あの女魔族は誰なのか？

どこに存在するのか。

欲深き魔族たちは、新魔人王に取り入って十二魔将の地位を得ようと画策する。

魔人王に怯えるものは、できる限り彼女から離れるべく、存在場所を探そうとする。

人の文化に触れたものは、できる限りいまの生活を維持したく魔力を抑え、魔人王に見つからないようにと姿を消す。

それが、大氾濫を乗り越えた魔族たちの知恵。

そして、鏡刻界《ミラーワーズ》に戻りたくとも戻れなくなった魔族たちにとっては、裏地球《リヴァース》に魔人王が誕生したという事実は新たな希望でもあった。

これで、鏡刻界《ミラーワーズ》に帰れる日がくるかもしれない。

その思いが、魔族の中にも芽生えつつある。


………

……

…

——東京拘置所・結界檻房

魔力を封じられた陣内こと、ブレインジャッカーにも、魔人王即位の鐘は聞こえていた。

慌てて窓の外を見ようと、鉄格子のはめられた窓に近寄って空を眺めると、そこには魔族にしか見えない映像が浮かび上がっている。

「あの体毛……どうやら銀狼嵐鬼《ぎんろうらんき》の娘ですか。いやぁ、これはファザー・ダークも予想していなかったでしょうね」

陣内は、フォート・ノーマが殺されたことを知らない。

ただ、鐘の音を聞いたとき、なんとなく理解はした。

魔人王の中でも、平穏無事に隠居して世代交代したものは少ない。

ましてや十二魔将第一位がマグナムという時点で、先代魔人王は暗殺されたという可能性を考えてしまう。

「しっかし、ファザー・ダークはどう考えていますかねぇ。手伝いたいのは山々ですが、いくらあの方でも、仮初めの体である以上はこの監獄結界をどうにかできるとも思えませんし……俺としては、なんとしてもここから出て、新たなる魔人王にも取り入らないとならないんですが……」

窓から離れ、色々と策謀する。

だが、予想外に打つ手がない。

陣内は、これまでずっとファザー・ダークの計画に乗ってきた。

『世界渡り』の力も得て、計画の邪魔となる乙葉浩介を始末しようとした。

それらすべてが失敗に終わり、さらに彼の手によって魔力そのものを封じられてしまう。

今の陣内には、なにもすることができない。

「はぁ……この現状は、なかなか辛いですなぁ」

苦笑する陣内。

その様子は監視カメラから守衛室に送られ、さらに特戦自衛隊や内閣府退魔機関にも提供される。

数少ない、捕縛した魔族のデータとして。

○○○○○

——サンフランシスコ・黒龍会本部
魔人王即位の鐘は、世界中に届く。

当然ながら、マグナム派閥の多く存在する黒龍会のあるサンフランシスコにも。

「……不死王《エタニティ》、我々はどうすればよいのですか？」

「マグナムさまが魔人王となる。そのための道筋を作り、ここまで無茶なことをしてきました。それがここにきて計画が頓挫《とんざ》することになると、集めた魔族が黙っていないかと思いますが」

不死王《エタニティ》の元にも、大勢の魔族が集まっている。

魔人王即位の鐘が裏地球《リヴァース》で鳴り響いたという事実が、そして空中に新たな魔人王の姿が浮かび上がったことが、彼らの敗北を決定づけたのである。

「たしかに、マグナムさまは新たな魔人王となることができなかった。だが、それは瑣末なこと……」

不死王《エタニティ》は笑う。

新たな魔人王が生まれようとも、それを排除すればいいまで。

そして王印を奪い取り、それをマグナムさまに献上する。

それで自分は確たる地位を得ることができる。

「魔人王を殺せ！　王印を奪い取るのだ！」

「で、ですが、我々は王印の力により、魔人王には逆らうことができない」

「そのことは不死王《エタニティ》さまもご存知のはずですが‼」

集まった魔族は叫ぶ。

魔人王の力である『百鬼夜行』、それがある限り、魔族は魔人王に牙を剥けども手を出すことはできない。

「……いや、それはない。マグナムさまはおっしゃっていた。オリジナルの王印が失われた今、新たな王印には『百鬼夜行』の力はないと……世界中に散れ、そして探せ‼新たな魔人王を‼」

――ザッ！

不死王《エタニティ》の前で、一斉に首を垂れる魔族。

そして勅命《ちょくめい》に従うように走り出して……自分たちの居場所に気がつく。

ここはサンフランシスコ結界。

不死王《エタニティ》とその配下たちは、一年前の百道烈士《くどれっし》と同じ状況に追い込まれている。

出ること叶わず、そして結界を構築した結界魔は今回も逃亡。

札幌市妖魔特区を構築した結界魔が、乙葉浩介から逃れるために海を越えてこのサンフランシスコの地にやってきたことなど、誰も知らない。

そして不死王《エタニティ》に認められてサンフランシスコ結界を構築してから、またしても乙葉浩介に一部を破られたことなど。

結果。

結界魔は再び逃げた。

そして、このサンフランシスコ結界もまた、妖魔特区と同じように不変不朽の存在となった。

「……外だ、外の魔族に連絡を取れ、結界の入り口を守る人間どもを根絶やしにしろ、結界装置を破壊させろ‼」

不死王《エタニティ》が叫ぶ。

文明を知るものたちは、急ぎスマホなどで知り合いの魔族に連絡を取るだろう。

だが、外からの救出が来たとしても、結界の外に待機するヘキサグラムの機械化兵士《エクスマキナ》たちと戦い、彼らを突破することができるのか？

それはまた別の話である。


………

……

…


――サンフランシスコ郊外、デーリーシティ
ロサンゼルスでダイヤモンドプリンス号を下船した藍明鈴は、迎えにきていた魔族と合流。

真っ直ぐにサンフランシスコ郊外のデーリーシティまでやってきた。

デーリーシティの北部、サンフランシスコ側はアメリカ政府による非常線が張り巡らされているので近寄ることすらできないのだが、その手前の都市部には出入り可能。

やむを得ず都市部にやってきたのはいいのだが、ここから先に進むことができなくて難儀している。

「はぁ。ねえあなた、転移能力とかないかしら？」

明鈴が運転席に座っている男性魔族に問いかけるが、苦笑いしながら頭を振られてしまう。

「そんな能力があったら、俺だって騎士爵級魔族になれますよ。いや、男爵や伯爵級にもなれるよなぁ」

「あら、それは失礼。そうなると実力行使で突破するしかないわよね」

「そんなの無理ですわ。あの非常線に張り巡らされた壁、あれは聖別された銀が組み込まれています。それに入り口には機械化兵士《エクスマキナ》が待機していますからね」

浄化術式が使えない人間など恐れることはない。

だが、機械化兵士《エクスマキナ》に攻撃されて、魔人核が傷ついたなら消滅する。

しかも、聖別された銀というのが厄介であり、この世界の神によって祝福されている存在は、魔族といえども無傷では済まされない。

そんな危険な橋など渡りたくないというのが、魔族の実情である。

「はぁ。誰でもいいわよ、あの向こうに通してくれたら謝礼はするわよ」

「唯一の窓口だった、ヘキサグラムのネスバースが消滅したらしいですからね……」

「さっき、その報告は聞いたわよ。あの馬鹿が、どうせ早とちりして正体でも曝《さら》け出したんでしょう……はぁ、どうしようかしら？」

溺れるものは藁をも掴む。

そんな心境の明鈴の横を、軍用車両が走り抜けていく。

その助手席にジェラール・浪川が座っているのを、明鈴は見逃さなかった。

「ちょ、ちょっとジェラール‼って、早くあの車を追いかけて！」

「はいはい」

すぐさまジェラールの乗っている車両の横に並ぶと、明鈴は運転席越しに叫ぶ。

「ちょっとジェラール‼あなた、あそこに入ることができるのかしら？」

「……はぁ。誰かと思ったら、また明鈴かよ。俺は中国政府からの指示で、あの内部視察に向かうだけだ。それじゃあな」

「待って待って、お願いだから同行させてよ‼ね、知らない仲じゃないんだし」

「はぁ？ 黒龍会の名前を出したら入れないのかよ？」

「無理言わないでよ。うちは香港の貿易会社で、アメリカ政府になんて口コミも顔繋ぎもできないのだから」

運転席の魔族は、自分を挟んで怒鳴り合うなと叫びそうな表情。

そして明鈴を無視してジェラールが走り去ろうとしたとき、明鈴が財布を取り出して札束を見せると、ジェラールは態度を軟化、ニヤッと笑った。

「ふぅん……5千ドル。それでどうだ？」

「ウグッ……ま、まあいいわよ」

「それなら話はＯＫだ。付いてこい」

真っ直ぐにゲートに向かい、どうにか話をつけてから明鈴を載せてゲートを越える。

そして指定の駐車場にたどり着くと、ジェラールは明鈴から現金を受け取って半分を運転手に手渡す。

そして彼らの目の前、距離にして二百メートル先。

そこに巨大な結界が発生していた。

それをみて呆然とする明鈴だが、突然頭の中に鐘の音が響き渡り、空を見上げた。

「これって……まさかでしょ？」

――カラーンカラーン
彼女には聞こえている。

新たな魔人王即位を告げる鐘の音が。

そして空に浮かび上がった、新たな魔人王の姿が。

「う、嘘でしょ？　マグナムさまじゃないの？」

「ん？　なにかあったのか？」

「ちょっと待って‼話は後にして！」

すぐさま明鈴は不死王《エタニティ》の元に連絡を取る。

人間の文明を嫌う不死王《エタニティ》だが、側近の何名かはスマホを使える。

そして不死王《エタニティ》から説明を受けて、わかった事実はひとつだけ。

「マグナムさま以外の誰かが、魔人王になった……それも、この裏地球《リヴァース》で」

――ブッ‼

そのつぶやき声を聞いて、ジェラールも噴き出す。

「ちょっと待て、それはどういうことだよ、誰だ？　誰が魔人王になった？」

そうジェラールは叫ぶが、彼の中でも思い当たる存在がある。

魔人王を超える魔力を持つ、現代の魔術師……乙葉浩介。

やつならば、魔人王になったとしても不思議ではない、そうジェラールは確信した。

「まだ詳しい情報が無いのよ……って、あなた、なにか心当たりがあるの？」

ジェラールの表情を見て、明鈴がそう問いかけるが。

「まあ、な。悪いが馴れ合いもここまでだ、ここからは仕事なのでね！」

そう叫びながら車に走るジェラール。

そして運転席で札束を眺めてニヤニヤしている運転手に、近くの空港に向かうように指示をすると、そのままゲートから出ていった。

（……近くの空港に頼む。日本にすぐに向かわないとならなくなった‼）

そう運転手に叫んでいるジェラールの声は、しっかりと明鈴の耳にも届いていた。

「日本……ね。確か、現代の魔術師のいる国だったかしら？　まあ、向かえばわかるわよね？」

そう呟いてから、明鈴もゲートへ向かう。

そして、そのジェラールの声は、彼の荷物に紛れ込んでいる一枚の符術を通して、馬天佑の耳にも届いていた。


………

……

…


「日本か。まあ、魔人王に挨拶するもよし、うまく取り入って目的を果たすもよし……か」

カリフォルニアのとあるバーで。

馬導師はカウンターで静かに呟いていた。

すぐさまジェラールの荷物の中に忍ばせていた符術を解除すると、アタッシュケースを片手にバーから出ていった。

平穏無事？　喉元過ぎても熱さは忘れないからな！（え？　俺の出番無くなる？）

――時間と場所、戻る

うん。

どうにかあのコボルトもどきから逃げてきたのはいいんだけれど、今後の対策とかで特戦自衛隊はいったん、妖魔特区から撤退するらしい。

ヘキサグラムは退魔機関と協力体制をとるらしく、外に造られた仮設キャンプに移動。

そして俺たちは、特戦自衛隊からの招集は無視して札幌テレビ城にやってきたのです。

「……あの、忍冬師範。本当に特戦自衛隊の作戦に参加しなくても問題ないのですよね？」

「民間人に武器を持たせて戦わせるとか、魔術による支援を求めてくるような組織は無視してかまわんよ。多少のことは目を瞑《つむ》って手伝うのもやぶさかじゃなかったが、今回は度を超えている」

さすがの忍冬師範も腹に据えかねたらしい。

俺たちがテレビ城に向かおうとしたときに、いきなり怒鳴りつけてきたからね。

『勝手な行動を取るな、これからの対策にはお前の力が必要なんだ、とっととついて来い』ってね。

だから、軽く会釈してひと言だけ告げたよ。

「特戦自衛隊が民間人を戦闘に巻き込もうとしたってネットに拡散していいですか？　俺の協力が必要だと言われても、そもそも特戦自衛隊には協力しないってずっと前から話していましたよね？　それなのに権力を振るって無理強いするって叫びますよ」

このひと言と、忍冬師範の睨みつけで隊長たちはスゴスゴと撤退。俺たちは無事に目的地に到着したってわけ。

「……あの、乙葉さん、白桃姫さまは留守ですが……なにか御用でしたか？」

そしてテレビ城の留守を預かる魔族が、俺の姿を見て駆けつけてきた。

以前は百道烈士《くどれっし》の眷属だったらしいが、やつが消滅してからフリーになって、白桃姫の元に身を寄せたらしい。

一つ目おかっぱ黒髪の魔族、『一眼《ひとつまなこ》の喜々』という名前だったかな？

「あ、喜々さん、ちょっと聞きたいことがあったのですが」

「はぁ。私のわかることでしたら。どのようなことでしょうか？」

「この先、川向こうの更に向こうの川向こう。そこに狼獣人のような魔族の集落があるのですが、知り合いとかそういうことはありませんか？」

そう問いかけると、喜々さんは腕を組んで考え込むと、城に戻って地図を持ってきた。

「川の向こうの川向こうということは……創成川の向こうにある、豊平川のあちら側ですよね？」

「地名を理解しているのかよ‼　いや、そのとおりなんだけどさ」

「新山さんと瀬川さんに教わっていましたので。この結界内部で生きていくのに、現代のマナーやルールを学んだ方がよいと？」

そう話したとき。

——ガバッ！

いきなり喜々さんが空を見上げる。

いや、なにかあったのですかと、俺も空を見上げたんだけど。

虹色の結界が広がっているだけで、なにも見えやしない。

「……新たな魔人王が即位しました……」

喜々さんがボソッと呟く。

へぇ、魔人王が……って、なんだと？

慌てて振り向くと、喜々さんの声が聞こえたらしい忍冬師範も近寄ってくる。

「今の話、本当ですか？」

「はい。人間には聞こえないかもしれませんが、魔人王が即位したとき、魔族に聞こえるように『魔人王即位の鐘』というのが聞こえてくるのです。その直後に、空に魔人王の姿が映し出されるのですが……」

「姿？　どこに？」

思わず周囲を見渡したけど、喜々さんは空の一点を指差す。

「銀色の体毛を持つ獣人。でも、どこかで見たことあるような……」

「獣人……チャンドラ師匠やりなちゃんならわかるけど、どっちも違うよね？」

「はい。女性です……狼系ですが、腕が四本あります……どこかで見たことあるような……」

喜々さんの言葉をメモする忍冬師範。

でも、魔人王が即位したと言っても、あっちの世界の話だよね？

マグナムの探している王印所有者が、魔人王になったんだ……って、あれ？

『ピッ……瀬川先輩、いま、お話大丈夫ですか？』

嫌な予感がする。

頼むから嫌な予感よ、外れてくれ。

『え、あ、乙葉くん。なにかあったのかしら？』

『先輩、魔人王になりました？』

『……はい。魔人王に即位しましたけど……どうしましょう』

はい、嫌な予感はあたりましたが。

待って、頭の中の整理がつかない。

『今どこですか？』

『大学構内。結界の外ぎりぎりで、深淵の書庫《アーカイブ》に閉じこもっています。ちょっと、体の変化が戻るまで、外に出られなくて……』

『あ～。戻りそうですか？』

『今、魔皇さんたちに聞いているところでして……私の魔力が足りないこと、魔人核を持たないことがネックのようです』

うん。

ここだけの話だ、そうしよう。

『では、どうにかして戻れたら連絡をください。多分ですけれど、地球上の魔族が、魔人王即位の鐘を聞いて過剰反応していそうです』

『え、やだ‼どうしましょう……』

『まずは、人間の姿に戻ってください。では、連絡を待っています』

はい、念話モード完了。

忍冬師範は第六課にでも連絡を入れている最中のようだから、こっちに気づくことはない。

では、新山さんにも念話で説明しますか。

『もしもし、乙葉です。新山さん、今大丈夫?』

『はい。今は休憩中です。なにかありましたか?』

『ここだけの話、単刀直入に説明する。瀬川先輩が魔人王に覚醒し、即位した』

『……えええええええええええ‼』

まあ、そうなるよね。

『それって、私たちの敵に回ったりとか……しませんよね?』

『今は元の姿に戻るのに必死らしい。一段落したら、また連絡をくれることになっているから。新山さんからも連絡をしてあげてくれるか?』

『わかりました! 先輩の危機ですよね、すぐに念話します』

これで念話が途切れる。

よし、こっち方面はとりあえず大丈夫として。

「喜々さん、まだ姿って映ってますか?」

「いえ、もう鐘も止まりましたし姿も消えました。まあ、私にとっては魔人王が誰になっても、関係ありませんけどね」

「あ、そうなの?」

「はい。新たな魔人王が即位したといっても、鏡刻界《ミラーワーズ》の出来事ですから。裏地球《リヴァース》に住んでいる今の私たちには関係がありません。ということで、先ほどの話に戻しましょう」

あっさりと話が戻ってくる。

いや、その新魔人王って、裏地球《リヴァース》で即位したんだけれど……って、そのあたりの区別はつかないのか。

それに忍冬師範の方をチラリと見たけれど、もう少し細かい情報が欲しそうな顔でこっちを見ている。うん、魔人王絡みはいったん後回しだな。

喜々さんが地図を開いて、菊水方面を指差しているんだけど、なにか魔族文字が書かれていて読めないんだよなぁ……あ〜、読めるようになってきた。

自動翻訳先生、お仕事ご苦労様です。

「このあたりですと、元・百道烈士《くどれっし》派の好戦的な魔族が集まって砦を構築していますが」

「また百道烈士《くどれっし》かよ。全員が全員、寝返ったんじゃないのかよ」

「はい。アラバ・アガサという魔族でして。こっちの呼び方ですと鏡陽穿鬼と言いまして……体の各部に魔人砲を内蔵した射撃型とご説明すれば、わかってもらえるかと」

あ、いたわ、そんなやつ。

百道烈士《くどれっし》を追い詰めたときに、俺に向かって生体レーザー撃ってきたわ。

霧散化したと思ってたけど、そうか、逃げ延びていたのか……って、霧散化していたのなら、逃げられていたんだよ。もっとしっかりと確認しておかないと駄目だなぁ。

「うん、思い出したわ。それじゃあ、大した数じゃないよな？」

「いえ、少しずつですが勢力を拡大しつつありまして。白桃姫さまがいない今のうちに、この妖魔特区内部の勢力を書き換えようとしているのかもしれません。最近ですと、正体不明の魔族がターミナルダンジョンに住み着いたので、そこから逃げた魔族も取り込んでいるとか」

「ターミナルダンジョン？」

これまた初耳なんですけれど。

そう思って、そのあたり細かく説明してもらったらさ。

大通りを中心とした、札幌市の中央区にある地下街。

【ポールタウン】

【オーロラタウン】

【地下歩行空間】

【札幌駅地下街】

この四ケ所が、妖魔特区結界と水晶柱の影響でダンジョン化したらしい。

そしてそこに正体不明の魔族が住み着いたってことは、あの活性転移門が札幌駅地下街に住み着いたってことだよな？

そして活性転移門から逃げた魔族が、アラバ・アガサとやらの元に逃げて庇護下に入ったと。

「う～わぁ。あっちもこっちも面倒くせぇぇぇ。忍冬師範、ここまでの話、聞いてましたよね？」

もう、第六課にもう話を振るわ。

こんなの一人じゃ無理だわ。

「まあ、おおよそ理解した。菊水方面のアラバ・アガサについては、今回は生態調査ということなので後日に回してもかまわない。問題は、地下街のダンジョンに住み着いたという、例の未知の魔族か」

「はい、さすがに俺一人じゃ無理です。仲間がいないと話にならないし、なによりも放置しておくとどうなるか理解していません」

「手が足りない……か。彼の方々にまた助力を求めるのは？」

ここでいう、あの方々って、マスター・羅睺たちですよね？

そうした方がいいんだけど、どうかなぁ。

「まあ、後で確認します。それで、妖魔特区内部調査についてはこれで終わりとし、ここからは未知の魔族の追跡調査及び封印作戦に切り替えてかまわないんですよね？」

「そうだな。現時刻をもって調査任務は完了とする。それで、結界が変容し、内部が異世界のようになった原因も、あの未知の魔族ということでいいんだよな？」

「ええ、おそらくですけど」

「わかった。それじゃあ、今日のところは戻ってかまわない、また明日、夕方にでも来てくれるか？」

「わかりました。では、今日はこれで失礼します」

退魔機関の方でもなにかありそうだけれど、細かいことは聞かないよ。

頭を下げて結界の外に飛び出すと、魔法の箒に飛び乗って一路、北海道大学へレッツゴー！


………

……

…


サーチゴーグルで瀬川先輩の居場所を探すと、どうやらクラーク博士像の前あたりで反応がある。しかも新山さんの反応もあったので急いで移動。

すでに新山さんが近くで待機していました。

さすが、近くの第二時計台病院にいただけあって、ここにくるのが早いわ。

「あ、乙葉くん、おつかれさま！」

「新山さんこそ、おつかれさま。それで、先輩の様子は？」

「先ほどまでは、『着替えたいけれど体が戻らなくて無理』って困っていたらしいです。今は元の姿に戻ったとかで、着替えて外に出る準備をしているとか」

おお、さすが女性同士だと、話が早そうで助かります。

そしてこっちの状況を説明し、明日以降は例の未確認魔族の調査及び討伐を開始するかもと説明をしたとき。

——バフォッ‼

深淵の書庫《アーカイブ》が解除され、私服を着た先輩が飛び出してきた。

「あ、乙葉くんも来たのね。ご心配をおかけしました」

「いえいえ、来たばっかりですし。それよりも、なんでこんなことになったのか、説明をプリーズしたいのですが」

さすがは魔法関係がオープンになっている札幌。深淵の書庫《アーカイブ》に興味を持った人たちが、少し離れてこっちを見ている。

「そうね。でも、場所を変えた方がいいわ。乙葉くんのうちに行ってもかまわないかしら？」

「うちっすか？　そりゃまた、なんで？」

「初代魔人王側近の方がいらっしゃるでしょ？」

あ〜、うちの母さんですか。

ついでに親父もいると思いますから、専門家ばかりだよね。

「まあ、そういうことなら。新山さんもくる？」

「はい‼」

それじゃあ、場所を変えて話し合いといきましょうか。

やれやれ。

事件が多すぎで、どこから手をつけたものか、わからなくなってきそうだわ。

多事多端？　後は野となれ山となれ（ケ・セラセラ）

——札幌市豊平区・乙葉宅

魔人王に即位してしまった瀬川先輩と新山さんを連れて、俺はいったん自宅へ戻ってきた。

まあ、うちの母さんが魔族だったから、詳しい話をしてもらえるんじゃないかと思ってさ。

それで夕食をみんなでとってから、居間で今後の対策というか先輩にアドバイスをしてあげてもらえるかなぁと。

「……はぁ。さっきのあの鐘の音は、そういうことなのね。まさか浩介がやらかしたのかと思って心配したのよ」

「それにしても、瀬川くんの娘さんが半魔人血種……彼が魔族とは、予想もしていなかったが」

「長年の付き合いじゃったが、まあ、なんでもそつなくこなすし会社を起業するし。できる男じゃったけれど、魔族だったとは」

母さんも親父も、そして祐太郎の父ちゃんも。

瀬川先輩が魔人王に即位したという事実よりも、先輩の父さんが魔族だったことに驚いているんだが。

「はい。父は銀狼嵐鬼《ぎんろうらんき》という名前だったそうです。ですから、私の体にも魔族の血が流れています」

「そこで、母さんならなにかアドバイスができるんじゃないかと思ってさ。なにかこう、ない？」

「なにかもなにも。瀬川さんが魔族で、魔人王になったということは、私も彼女の配下になる事《こと》になるわよ？」

「い、いえ、そんなことはしませんし、強制もしたくありません。それに、魔皇さんたちの話では、私の保有魔力では、魔人王の力は受け継いでも使いこなすことはできないとか」

淡々と説明してくれるんだけど。

要約すると、先輩の肉体は半魔人血種として作り変わったらしいのだけど、魂の持つキャパシティはまだ人間のままらしい。

そのため、魔人王としての力を振るうときには、足りない魔力を補うために『ムーンライトの加護』とリンクする必要がある。

そして、深淵の書庫《アーカイブ》と魔人王の能力がダイレクトリンクしてしまったので、俺や新山さんのように魔術を行使するのではなく、深淵の書庫《アーカイブ》に組み込まれたソフトを起動するように使うことになるそうで。

「ということでして……深淵の書庫《アーカイブ》」

――シュン
一瞬で居間の片隅に深淵の書庫《アーカイブ》を展開すると、その中で先輩の姿がゆっくりと魔族化していく。

「ふぅん。限定的能力解放ね。その姿で、深淵の書庫《アーカイブ》はどのように変化するのかしら？」

「はい。今のままで、ちょっとお待ちください」

体が変化をはじめたので、先輩は急いで神装白衣を身に纏う。

サイズが自動的に変化する優れものなので、腕が生えた場合にもしっかりと対応している。

四本腕の、狼銀毛の獣人。

頭には狼の耳の形をしたツノが生えている。

そして新たなガジェット、右目にスチームパンク的な片眼鏡《モノクル》が装着されている。

「この状態では、私の右目に装着されている片眼鏡が深淵の書庫《アーカイブ》の端末として使えます。普段の深淵の書庫《アーカイブ》結界の中にいると能力のすべてを使えますが、右目限定での発動でも六割の能力が使えます。そして、魔族を率いるという『白鬼夜行』という能力については、必要魔力が足りなすぎるので、できたとしても中級魔族を数体程度かと思われます」

その説明ののち、結界型深淵の書庫《アーカイブ》は解除されたけど先輩の姿は元に戻らない。

顔は先輩のままで、髪が銀色狼の耳装備。

ああっ、獣人描いたら日本一の真鍋先生のキャラクターみたいだわ。

「あの、先輩？　その姿って元に戻せるのですよね？」

「シェイプシフトっていう能力らしいのですが。戻るための魔力が足りないので一時間ぐらいはこのままですね。でも、問題ありませんよ？」

「それはよかった……」

心配していたらしい新山さんも、ようやくひと安心。

そして大人たちは皆、頭を抱えそうな状態である。

「胸元の王印はまさしく二代目魔人王のものね。瀬川さん、王印の中に、二代目魔人王の魂は入っているかしら？」

「それは、考えたことがありませんでした……少しお待ちください」

そっと胸元に手を当てる先輩。

そして、なにかをぶつぶつと呟いたのち、苦笑い。

「いるようですけど……でも、これは残滓ですね。なんというか、執念というか、温厚な分体というかんじです。でも、こんな小娘が魔人王かぁって、文句を言ってます」

「あっはっは。相変わらず、男尊女卑の激しいこと……。でも、残滓ねぇ。つまり。二代目魔人王のディラックは、今もなお、どこかに存在している可能性があるということ……いえ、この様子だと、本体の意識はここ、力を持った分体がどこかに存在するかんじかしら」

そう問いかける母さんに、先輩が胸元に手を当てて。

「はい。ここにいるのが魔皇ディラックであり、彼が封印されるとき、いつか復活するための力を与えた分体がいるようです」

「なるほどねぇ……まあ、ディラックのことは、今はいいわ」

母さんが笑いながら、先輩との話を続けている。

「魔皇の力は、支配するものではなく借り受けるもの。深淵の書庫《アーカイブ》とリンクしているのなら、彼らの力を借りることで、水晶柱の近くに発生した活性転移門の対処も可能なはずよ」

「そんなことが！」

「ええ。活性転移門は、ファザー・ダークの堕とし仔の力。彼の加護を得た魔族が動いているのなら、相手が魔族である以上は対処方法があるはず……でも、あなたの魔力では対応できないし、おそらくは浄化術式も必要になります」

淡々と説明をする母さん。

でも、浄化術式は、俺たちじゃ使えないんだよ。

俺が使う浄化術式は、ジェラールから貰った『巫術の書』に記されていたもの。

光属性魔術による『なんちゃって浄化』であり、魔人核に光属性攻撃を仕掛ける力技。

ちなみにヘキサグラムの機械化兵士《エクスマキナ》が使っている『擬似浄化術式』は、雷撃を収束して魔人核を直接攻撃するためのものであり、やはりオリジナルの浄化術式とは別であるし、そもそも浄化能力ではない。

「……魔皇データベースから、活性転移門の排除方法を……」

そう先輩が呟くと、片眼鏡が少しだけ輝いている。

そして二分ほど、うなずきながら俺と新山さんを見ている。

「活性転移門については、神威を伴った攻撃により『破壊耐性』を取り除く必要があります。そののち、新山さんの浄化術式を用いて『魔素萌芽種』を消滅させることにより、『意識を持った魔導具』である活性転移門はその力を失い、消滅する……そうです」

「神威をともなった攻撃は俺か。でも、神威をうまくコントロールしきれていないんだよなぁ」

「浄化術式は、私の分野ですが、発動成功率はまだ三割です」

「ええ。そのためにも、二人にもより強い力を身につけてもらわないとなりませんよね？」

にっこりと微笑む先輩。

いや、その微笑みって氷の微笑ってやつですよね？

「はい。明日から特訓します」

「毎日お祈りを欠かせません」

「それでいいわ。私はもう、吹っ切ることにしたから」

そう告げてから、先輩は親父たちの方を見る。

「そういうことで、当代の魔人王として当面は活動することにします。なにか至らない点がありましたら、ご指導ご鞭撻、よろしくお願いします」

「まあ。初代魔人王さまの側近だった経験はあるので。なにか困ったことがあったら、いつでも連絡をくれてかまわないわよ」

「御神楽さまには、俺から連絡を入れておく」

「政治家たちには当面は秘密にしておくから、安心せい。それよりも、瀬川くんの力で、うちの息子の居場所を見つけられるか？」

親父たちの話の後、晋太郎おじさんが先輩に問いかける。

すると、先輩は深淵の書庫《アーカイブ》を起動して、静かに意識を集中しはじめた。

「……深淵の書庫《アーカイブ》、魔皇データベースから空間越境可能なサーチモードを選択……魔皇デビット、その力をお貸しください……ソウルサーチ！」

——ブウン
深淵の書庫《アーカイブ》の表面に、不可思議な魔法文字が浮かび上がる。

そして、先輩はその中で、前腕二つで腕を組み、後腕二つで頭を抱えている。

いや、ほんのわずかな時間に、ずいぶんとコントロールできるようになってますよね。

先輩……恐ろしい子‼

「築地さん、落ち着いて聞いてください。築地祐太郎くんと有馬沙那さん、唐澤りなちゃん、そして白桃姫さんは、【アトランティス】にいます」

「「「はぁ？」」」

いや、その言葉に全員が呆然としたわ。

母さん以外は。

って、母さんはなんで平然としていられるんだ？　アトランティスだよ、伝説の大陸だよ？　オカルト雑誌ラ・ムー案件だよ？

「アトランティスって、あの神話とか御伽噺の？」

「オリハルコンがあるっていう伝説の都市だよね？」

「まあ、昔の物語で見たことはあるが」

「なんでうちの息子は、そんなところで……」

「どうやら修行中のようですわ。まあ、白桃姫さんも一緒なので、そのうち帰ってくるかと思いますが……乙葉くんのお母さんは、アトランティスについてはご存知ですか？」

そう先輩が問いかけると、母さんは笑顔で。

「裏地球《リヴァース》と鏡刻界《ミラーワーズ》の接点のひとつね。ムー大陸、レムリア、アトランティス。この三つは、二つの世界を行き来している『彷徨える特異点』と呼ばれているわ。他にもいくつかあったと思ったけれど、昔のことなので忘れてしまったわね」

「魔皇データベースでも、同じことが告げられました。残り一つ、アヴァロンは揺蕩《たゆた》う特異点ではないので除外されているようです。とりあえず、築地くんは無事のようですので、ご安心ください」

そう告げられて、晋太郎おじさんはほっとひと安心。

「さて、それじゃあ新魔人王の瀬川さんにアドバイス。魔人王って、その地位を狙うものたちに狙われやすいのよ？　そのためにも、自分の力になってくれるものたちを集めて、側近として迎えているのだけど」

「あ、それが八魔将だったり十二魔将だったりってことか」

母さんの言葉に、俺は納得。

魔人王を補佐する存在として選ばれたものが、魔将たち。

「ええ。それで、瀬川さんも魔将を従える必要があるわ。まあ従えるというよりも、同志として。その方が魔人王としての箔がつくだけじゃなく、身を守る術にも繋がるから」

「計都姫師匠や羅睺さんたちのように、ですか？」

「そうね。同じ志を持つものたちが集まった初代、武力で従わせていた二代目、古き仲間たちで構成していた三代目。その時代に応じた魔将が集まって、魔人王を補佐していたけれど」

そう母さんが説明すると、先輩は頭を軽く振る。

「従わせるなんてことはしません。私は、私のお手伝いをしてくれる人にお願いします」

「そこで、我々魔術研究部の出番ってことか。先輩、俺たちなら力になりますよ」

「回復要員は必要ですよね？」

「ええ。でも、私が魔人王でいるのは短い間だけ。今回の活性転移門の件とか、面倒なことをすべて終わらせたら、そのときは魔人王を引退します。それまでは、私は、私を応援してくれる魔術研究部のメンバーと頑張れますわ」

——ブウン
深淵の書庫《アーカイブ》が展開し、金色の文字が走りはじめる。

『新魔人王の側近。新たな魔将選抜の儀を完了した』

「……え？　ちょっと待って、まだなにも決めてないわよ」

『新たな魔将は【魔術研究部】。その部長である新山小春が魔将第一位、乙葉浩介を第二位とし、魔術研究部のメンバーを登録する』

「ちょ、ちょっと待って、深淵の書庫《アーカイブ》、選抜の儀を止めて頂戴‼」

必死に深淵《アーカイブ》の書庫を操作する先輩だけど。

「魔皇の決定……これは覆らないのよね。しかも、今の魔皇の声って、ディラックの分体よね？ 意外と、しっかりとした自我を持っているのね」

母さんが目を細めてそう呟くと、深淵《アーカイブ》の書庫の表面に波紋があらわれ、壮年の男性の顔が浮かびあがった。

『ふん。人間に媚を売り、魔族のプライドを捨てた玉藻など知らぬわ‼ そもそも、こちらが本体であり、あれはわしの欲望のみが抽出され具現化した存在にしかすぎぬ』

なるほど、この人が二代目魔人王だったのか。

そして顔がすぐ引っ込んだと同時に、深淵《アーカイブ》の書庫に文字が浮かび上がりはじめた。

これはどうやら、二代目魔人王の意志らしい。

そして、この魔将選定の儀を行ったのも、この二代目のようで。

そして、膝をついて呆然とする新山さんと、彼女を励ますのに必死な先輩。

「わ、私が十二魔将第一位……」

「違うの、大丈夫よ、魔将じゃなくて魔術研究部だから」

「あ、先輩も混乱していますか。まあ、序列云々よりも、今後の作戦とかも考えましょうか」

俺はもう、この手の事件に巻き込まれるのに慣れてきたわ。

ということで、先輩がどうにか魔皇と交渉し十二魔将についてはリセット、別の方法を探してくれることになった。

少しして新山さんも落ち着いてきたことだし、修行の件も合わせて明日からのことを考えようじゃないか。

十一巻へ続く

書籍版特典ＳＳ

カナン魔導雑貨店の出向禁忌書庫の管理人

カナン魔導雑貨店の出向

――位相空間、ネクスト四十五・建設現場

ここに現場監督として派遣されていたカルラ・テンセイは、目の前に映る光景に満足そうな笑みを浮かべている。

「やった……これですべて終わりましたよ……」

マチュア会長によって現場監督に任命されてきた大プロジェクト、ネクスト四十五改装計画が無事に完了。

大改造を終えた『商業施設・ネクスト四十五』の地下一階には『カナン魔導商会・札幌支店』の店舗も完成。選ばれし者しかここに来ることができないようにと、しっかりと選別術式も構築済み。

そして選ばれなかったものは、正規ルートで一階のアクセサリーショップへと案内されるように仕掛けも終わっている。

もしも仲間内でやってきて一人だけ選ばなかった場合は、全員纏《まと》めて地下にある『占いの館・エリカ』というショップへと案内されるように、予備の導線まで設定してあった。

つまり、完全正規ルートである『カナン魔導商会』へと行くためには、この建物を訪れるパーティー全員が選ばれなくてはならないのである。

そして完成した建物の中へと進むと、一直線に『カナン魔導商会。札幌支店』へと向かう。

地球人でも親しみやすいようにと、店内はコンビニのような造りになっており、商品の陳列などもすべて終えてある。

あとは、位相空間の接続ののち、開店を待つばかりなのだが。

…………

……

…

「ふふん……これが私の新たな仕事場。すでに備品の搬入も完了、通勤用の転移門もしっかりと設置。これで私は、一国一城の主となったのです‼どうですか、この出世街道。当初は建物が完成したら退職届を提出しようとも考えていましたけれど、しっかりと店長として指名されたじゃないですか‼」

はて、店内のカウンター奥でぐったりしているユイ・アイゼンバッハはどうしたのでしょうか。

新しい辞令を受け取って、先ほどまでプルプルと震えていたようですけれど。

「あ、あの、カルラ先輩……今からでも退職って可能でしょうか？」

「え、どうして……ってああ、そうでしたね、ユイさんは成功実績を持って退職しようと思ったのですよね？」

私の問いかけに、全力でコクコクとうなずいていますけれど。

つまるところ、私と一緒に札幌支店勤務は嫌なようですか。

「まあ、今からでも間に合うとは思いますが……そんなに、私と一緒に札幌支店担当は嫌ですか？」

「ウウウ……私も札幌支店の方がよかったです……」

あ、ガチ泣きしはじめましたよ、この子は。

でも、札幌支店の方がよかった？　それってどういう意味でしょうか？

「ちょっと、辞令を確認してもよろしいですか？」

「はい、どうぞ……」

躊躇なく手渡された辞令には、『異世界・札幌にてアクセサリーショップの店長を命じる』ですって。

ええ、ネクスト四十五の一階に併設される、カナン魔導商会の隠れ蓑的ショップです。

こちらはフリーでお客さんが訪れることができるので、忙しくなるのは嫌ということですか。

でも、働いた分だけ稼げるのですよ、ちょっと在庫をちょろまかして横流ししたり、知り合いに格安で販売したり。

それこそ、日本のインターネットオークションの、ほら、『コリゴリ』とかいうところに出店すればいいじゃないですか。販売しているアクセサリーは微弱ながらも魔力がこもった一品ですよ、それなりに効果はあるはずですからプレミア価格つきますよ？

「……っていう方法もありますから、そこそこに稼げるとは思いますし。ほら、営業時間だって、『清掃中』とか

『準備中』っていう看板を出しておけばいくらでも調整がききますから」

「……ああっ、流石はカルラ先輩。サボりとイカサマにおいてはカナン魔導商会で右に出るものはいないといわれているだけのことはあります‼」

――トントン
「ふふん、そうでしょうそうでしょう。あとは、この位相空間を現実世界に接続し、開店チラシをばら撒けばそれで終わりですよ」

ん、誰かが私の肩を叩きましたか？

それよりもユイさん、いきなり顔色が真っ青になりましたけれど、大丈夫ですか？お腹《ポンポン》でも痛いのですか？

「あ、あの、あのあのあの」

「あの？なにかあったのですか？」

「ええ、ちょっと今から新しい辞令を書くので、二人ともすこ～しだけ待っててくれるかなぁ？」

ん？

私の後ろからも声が聞こえてきましたけれど。

これって、マチュア会長のような声ですが、まさかここにやってくるなんてことは……。

「はい、これで辞令は完成……と。カルラ・テンセイ、ユイ・アイゼンバッハ。両名をカナン魔導商会・ラナパーナ王国支店出向を命じます」

――ビシィッ
慌てて振り向き、二歩下がって。

全力で腰を折ります。

ええ、私の横でユイも同じようなポーズをとっていますよ。

「あれ、あのあの、マチュア会長、どうしてここに？」

「ここの店舗も完成したので、現実世界へのリンクを繋げようと思ったのですけれどね。『時と空間の神ア・バオア・ゲー』から、順番待ちなので今しばらく待つようにって言われたのよ。だから、二人は一時的に本店勤務に戻そうかなってきたんだけれど……うん、ちょうど、ラナパーナ支店も立ち上げる予定だったから、二人はそっちの立ち上げにいってもらいますね」

「「え、本店でも構いませんよ？」」

ああっ、ユイと被りましたわぁぁぁぁ。

「いえいえ、本店でもまた悪さされると困りますからね。あと、ユイについては、両親からもしっかり一人前になるまではよろしくって頼まれたので。はい、これ手紙を預かってきたので」

そう告げながら、笑顔でユイに手紙を渡しています。

そしてユイも、おそるおそる手紙を確認して……。

「はいっ、このユイ・アイゼンバッハ。マチュア会長に忠誠を尽くす所存です」

「まあ、そこまで畏《かしこ》まらなくてもいいわよ。真面目に仕事をしてくれればいいからね。それじゃあ、行きましょうか？　荷物はアイテムボックスに納めてあるわよね？」

「え、いや、まあ……あのですねマチュア会長、私もそろそろ、仕事を辞めて寿退社しようかなって思っていたところでして」

ああっ、私の馬鹿。

逆ですよ、退職したいから結婚するのですよ、仕事を辞めてから結婚は寿退職ではありませんよ。

「そうそう、カルラ。『カナン魔導商会を退職して実家に帰ってきたら、縁談が山のように待っているからな』ってご両親から言付かっていますけれど？　つまり寿退社するということでよろしいのかしら？」

「ノー、イエッサー！　カルラ・テンセイ、カナン魔導商会・ラナパーナ王国支店へ向かいます」

「よろしい。それではいきましょうか!!」

はぁ。

私もユイも、退職してのんびりと『面白おかしく親のすねをかじる計画』は失敗のようですわ。

退職＝縁談っていう直通ルートも、私や彼女も貴族子女ですから仕方がないといえばそれまでですか。

○○○○○

鏡刻界《ミラーワーズ》、ランガラン大陸西方・ラナパーナ王国。

大陸を二分するほどに広大な霊峰ストンウィルの麓《ふもと》に栄える、かつて勇者が降臨した王国。

ここ最近の、霊峰を挟んで反対側に位置するフェルデナント聖王国の侵攻の際にも、女王マリア・カムラ・ラナパーナは勇者を召喚し、その軍勢を退かせた。

そののちフェルデナント聖王国は軍事勢力が急速に縮小し、ここ最近は周辺諸国からの反攻作戦から身を護るのが精一杯。

ようやく訪れた平穏に、女王マリアもほっと胸をなでおろしていたのである。

――ラパーナ王国王都・ククルカン
王城がある小高い丘から見下ろせる場所に、王都城下町ククルカンがある。

様々な種族の人間・亜人が集まる都市であり、ラナパーナ王国近隣に広がる大森林の点在する迷宮攻略のため、多くの冒険者も集まっている。

このククルカン中央にある商業区画に、一風変わった店舗が建築されたのは、つい最近のこと。

「……ということで、ここで一から商売のノウハウを学ぶといいわよ。表向きは『カナン雑貨店』っていう名前の、ごく普通の雑貨屋さんになっているけれど、店舗奥には『カナン魔導商会・通販システム』も設置しておくので。あと、二階は事務所兼居住区になっているので、うまくやってね」

突然、位相空間のカナン魔導商会・札幌支店から魔法陣で飛んできたカルラとユイは、やや埃《ほこり》が積もっている店内を見て呆然としている。

だが、そんなことは気にせず、マチュアが淡々と状況を説明。

カナン魔導商会の税金対策の一環として、ここ鏡刻界《ミラーワーズ》にも期間限定で店舗を構えるようになった。

そして当面の従業員については誰か適当な人材を派遣するか、現地雇用するかどうか考えていたところに、カルラとユイのあの怠惰な会話を耳に入れてしまったのである。

「……あ、あの……まさかとは思いますけれど、ここを一から立ち上げろと?」

「そうそう、地元の商業ギルドには、すでに新商会設立の手続きもなにもかも終わらせてあるので。これが、この店舗の営業許可証で、これが商会責任者証ね。名義はあとで、私からカルラに変更しておくから。あと、わからないことがあったら、商業ギルドか近所のお店にでも行ってきて、話を聞いて頂戴」

淡々と告げるマチュア。

そのマシンガントークに、カルラとユイも呆然とするしかない。

そして一通りの説明が終わってから、ユイがおそるおそる小さく手を上げる。

「あの、会長……ここの出向期間は、いつまででしょうか?」

「カルラたちの代理が決定するか、位相空間接続手続きが完了して札幌支店が稼働するか。どっちかかなぁ。どのみち、ここの仕事が終わったら、二人は札幌支店に戻ってきて貰う予定だからさ。あ、経費その他は二階事務室の金庫に入れてあるので、あとでアイテムボックスに入れなおして。一応セキュリティは万全にしてあるけれど、確認はよろしく、じゃーねー」

——シュンッ
用件だけを告げると、マチュアは一瞬でその場から転移。

カルラとユイはようやく現状を理解し、その場に座り込んでしまった。

「嘘でしょ……」

「あの、カルラ先輩。鏡刻界《ミラーワーズ》ってどこですか?」

「知らないわよ。位相空間じゃない、どこか別の世界だなんて予定も想像もしていないわよ……」

別の世界。

その言葉を聞いた瞬間、ユイは慌てて立ち上がり店舗入り口を勢いよく開く。

そこには、大きめの街道とそこを行き来する大勢の人々が見えていた。

街道沿いには見たこともない店舗が連なり、あちこちに馬車の隊列が停車して荷物の積み下ろしをしている光景も広がっている。

人間。ドワーフ、獣人。

角の生えた魔族の姿もあれば、竜人のようないで立ちといった、二人が住んでいた世界でも希少な種族まで闊歩《かっぽ》していた。

「これが……異世界……」

瞳をキラキラと輝かせるユイ。

その光景を見て、カルラはハァ、とため息をついてしまう。

「まったく、お嬢様育ちは気楽でいいわねぇ。それじゃあ、なにをするか調べることにしましょうか」

ようやく目の前の現実を受け入れて、カルラも立ち上がる。

そして店舗開店までにやるべきことを、一つ一つチェックしはじめるのであった。


………

……

…

――カナン雑貨店・開店から一週間後
ラナパーナ王国にやって来て三日ほどは、カルラもブツブツと文句を言いつつも店舗開店の準備をしていたのだが。

四日目にはもうあきらめモードに突入、それなら初めて来た異世界を楽しもうという方向性で、ユイと話がまとまった。

なお、ユイは初日から全力運転。開店準備のあと、夕方からは毎日のように街に出ては、見たこともない商品に心躍らせ、食べたことのない料理に舌鼓《したつづみ》を打って楽しんでいた。

そして先日、いよいよ店舗が開店。

朝から忙しいだろうと高を括《くく》っていた二人であるが、午前中は近所の店の店員が偵察がてら見にきた程度、午後も両手で余る程度の客しかやってこなかった。

そして夜、店を閉めての作戦会議で、カルラは頭を悩ませることとなった。

「……やはり、ここは禁断の商品に手を出すしかないわね」

「カルラ店長、それって本店からは最後の手段って言われていますよね？　開店から半年程度は、この世界か私たちの世界の商品だけで営業するようにって……」

「でも、こうも客足が届かないと、やるしかないじゃない？」

――ドサッ
カルラがテーブルの上に並べたもの、それはマヨネーズとタルタルソース。

その他、ソースや醤油、味噌といった『乙葉浩介の納品』による商品ばかり。

鏡刻界《ミラーワーズ》にやってきてから、カルラは魔導通販システムを駆使して乙葉浩介に納品依頼を行っていた。

本来ならば本店にのみ送られるはずの商品も、通販システムに『追加条項』を入力。

ラナパーナ王国支店でも、独自に納品依頼を行えるようにしていたのである。

それでどうにか、段ボール二つ分ずつのマヨネーズとタルタルソースを納品して貰ったものの、これは『従業員用』として倉庫に別に保管してあった。

その色々な意味で『禁断の商品』であるマヨネーズとタルタルソース、これを新商品として限定販売しようと考えたのである。

「一日につき五本ずつの限定販売。あとはチラシを作ってばら撒《ま》くだけ。ユイ、チラシはあなたの担当よね？　明日までに仕上げられる？」

「……はい、大丈夫です！」

ドン、と胸を張るユイ。

カナン雑貨商店の開店準備の際、ユイは大量のチラシを製作。

ククルカン商店街の別の雑貨店から、アマルテ紙という植物から作られた紙を大量に購入し、ガリ版刷りでチラシを作製したのである。

なお、作製したチラシを撒くためにユイは毎日のように夕方から町の中に出ていたものの、見たことのない商品の誘惑に負けてあちこちさまよい道草を食った挙句、チラシを鞄ごとどこかに紛失。

カルラの説教から逃れるために『大盛況でした』という報告だけを行い、翌日にまたチラシをばら撒きに行ったのである。

だが、ユイの大きなミスがここにあった。

彼女たちの使っている文字は『ウィステリア言語』という、カナン魔導商会のある国では当たり前の文字だが、この鏡刻界《ミラーワーズ》のウィスプ大陸で使用されている公用語は『サーサリナ言語』というものが用いられている。しかも、公用語は『コモン語』として自動通訳されてしまっていたため、ユイとカルラもコモン語として、『ウィステリア言語』でチラシを作製したのである。

なお、看板などの文字もすべて自動翻訳されてしまうので、二人が迷うことなくチラシや看板を作成した結果……店の前を通るものたちもカナン雑貨商店がなんの店であるのかわからず、立ち寄らなかったのである。

——そして翌日

「ちょっと失礼する。この店は、なにを商いとしているのかね？　この看板の文字が読めず、立ち入ってよいものかどうかという質問が騎士団詰所に届いているのだが」

フラリと店内に入って来た王城巡回騎士・ラーラ・ルンバの問いかけに、二人は初めて言語が異なっていることに気が付いた。

「はうあ‼ユイ、急いでこっちの大陸言語で看板とチラシを作って‼私は接客するから」

「サ、サーイエッサー‼」

大慌てで、店舗奥で作業を開始するユイ。

そして懸命の接客とラーラ・ルンバの口コミにより、午後からはようやく普通にお客がやってくるのであった。

禁忌書庫の管理人

カラーンカラーン。

【新王即位の鐘】が、魔大陸全域に響き渡る。

魔族が信仰する神である魔神ダークが齎《もたら》した、魔人王のみが所持することが許された王印。

これを正式に受け継ぐものが出たとき、この鐘が鳴り響く。

そして魔大陸上空に、ウィルスプ大陸の空に、そして遥か東方の精霊大陸の空にも、新たな魔人王の姿が映し出される……はずであった。

魔神ダークの加護を持つものにしか見えない、新たな魔人王の姿。

本来ならば、【新王即位の鐘】が脳裏に響くと同時に、その姿か映し出されるはずであったのだが……。

鐘の音を聞いた魔族たちが空を仰ぎ見るものの、その姿はどこにもあらわれていなかった。


………

……

…


——ウィルスプ大陸中央、メルキド帝国・帝都ブラウバニア
この大陸の知的生命体の九割を占める『魔族』の直轄地であり、すべての魔族の王である魔人王が統治する国、それがメルキド帝国である。

このウィルスプ大陸には、全部で十三の王国があり、それぞれを支配する王が存在する。

そしてこのすべての王国を統べるのが、帝国皇帝である魔人王そのひとである。

その魔人王が治める帝国の帝都ブラウバニア、その中央に聳《そび》え立つ帝城ドミニオンの謁見《えっけん》の間では、三名の魔人

たちが集まり、話し合いを行っている真っ最中であった。

つい先ほどまでは、歴代魔皇・魔人王の調停家である虚無のゼロが、姿を現さない新王についての見解を会議室にて発表。それで一時的な騒ぎは収まったものの、やはり虚無のゼロは気になったことがあったため、玉座の間へとやってきた。

そして『嫉妬のアンバランス』と『傲慢のタイニーダイナー』の二人も、ゼロの後ろを無言でついてくる。

「ゼロよ、なにがあったんだ？　あんたがそんなに慌てているなんて、初めて見たぞ」

「そうよぉ。この場所には私とアンバランスしかいないのだから、ちょっとだけ、こっそりと教えて頂戴？」

そう問いかける二人へ、ゼロはチラリと視線を送ったのちうなずいた。

「では、ついて参れ……もっとも、入ることが出来ればの話、だがな」

玉座の後ろの壁、歴代魔皇の姿が記されたタペストリーにゼロが手を翳《かざ》す。


『ネバジ・キナリ……ネバジ・キョセイ・テ。ネバ・ジッ・シスシターヤ……』


魔王国でも失われて久しい、古代の言語。

旧魔人語と呼ばれる言語によりゼロが詠唱を行うと、タペストリーがにわかに輝き、一つの扉が浮かびあがる。

これにはアンバランスとタイニーダイナーの二人も呆然としてしまう。

「い、いやまて、これは一体なんなのだ？　ちょっと説明してくれないか？」

「そうよ。私は先代魔人王の時代から、この帝城で執務をしていたけれど。こんなの初めて見たわよ」

先代十二魔将の補佐官を務めていたタイニーダイナーでさえ、このようなギミックがあることを初めて知った。

それゆえに、まるで当たり前のように扉を作り出したゼロを内心は警戒している。

「まあ、そうであろうな。この先には、すべての魔族の始まり、初代魔皇の時代から受け継がれていた禁書などが収めてある。まあ、真の王印を持つものにしか、この部屋のことは伝えられないからな。我が家系は、この書庫も守り続けていた」

そう告げてから、ゼロは静かに室内へと入る。

そして振り向くと、扉の外でどうしたものか考えている二人に右手を差し出すと、ついてこいと言わんばかりに手招きをする。

「あ、ああ、わかっているって」

「そうよ、こんなのめったに経験できないからね」

「まったく……物好きだな……入る以上は覚悟を決めろ。もう後戻りはできないのだからな」

こんな部屋を作り出して、ついてこいというゼロの方がおかしいとツッコミを入れたくなる二人であるが、あえて言葉には出さずについていく。

そして二人が扉の中に消えると、タペストリーは静かに輝き、扉は消滅した。


………

……

…

――禁忌書庫
この書庫には、大量の蔵書だけではなく、さまざまな魔導具が収められている。

二人が最初に感じたのは、この空間の広さ。

左右はどこまで広がっているのか、天井はどこにあるのか。

広い空間に同じようなデザインの書架が大量に並んでいるため、ゼロから離れると、この迷宮のような書庫であてもなく彷徨《さまよ》うことになるかもしれない。

そう不安を感じた二人は、目の前の一番大きく広い通路を走り出す。

通路を挟むように数多くの棚が並び、武具や防具、見たことのない装飾品なども陳列されている。

それらに目を奪われつつ、どうにかゼロの元へとたどりつくと、そのまま彼の後ろを静かについていった。

やがて、この空間の一番奥と思われる壁が見えてきたとき、その手前にある執務机と、そこでなにやら仕事をしている人物がいることに二人は気付いた。

「やあ、誰かと思ったら、ゼロじゃないか。ずいぶんと久しぶりだねぇ」

「ええ、お久しぶりです、スターリング卿。本日うかがったのは、ほかでもありません。実は、初代魔人王の記録について、閲覧したいのですが」

「ああ、それはかまいません。こちらでよろしいですか？」

そう告げてから、スターリングは右手を目の前の空間へと突き刺すと、そこから古い書物を一冊取り出す。

そしてなにもなかったかのようにゼロに差し出すと、ゼロもまた、それを受けとって読みはじめた。

「……なあ、ゼロ。このスターリングとかいう人物、どこのだれなんだ？」

「そうよぉ。一人で勝手にここにきて話を進めないでほしいのですけれど。私だって、元は十二魔将だったのですからね」

勝手に作業をはじめるゼロに対して、二人が愚痴をこぼす。

そしてようやく、ゼロは二人も同行していたことを思い出した。

「ああ、すまない。急ぎ調べたいことであったのでな。改めて紹介しよう、この禁忌書庫の管理人であり、原初の魔人の一人。名は【勤勉のスターリング】という」

「ええ。そちらのお二人も、七大罪の冠を背負っている魔人でしたか。私はスターリング、【封印大陸】よりやってきた原初の魔人であり、七徳の一つ、勤勉を司《つかさど》っています」

胸元に手を当て、頭を下げるスターリング。

その姿に、アンバランスたちも慌てて頭を下げるものの、全身の毛が逆立ち、脂汗が噴き出していた。


………

……

…

そもそも、原初の魔人とは何者なのか？

それはこの鏡刻界《ミラーワーズ》に住む魔族が、この世界を訪れたときの話まで遡る。

魔大陸に住む魔人、その地を遡っていくと、かならず【原初の魔人】という名前に突き当たる。

彼らは、真刻界《リアルコクーン》と鏡刻界《ミラーワーズ》以外の第三世界、幻想界《アルト・ミラージュ》の住民である。

彼らは奉仕種族であり、彼らを生み出した神々の庇護の下、神に仕えるべき運命を持って生まれてきた。

だがあるとき、彼らが奉仕していた神【魔神ダーク】が他の神々に対して反旗を翻《ひるがえ》し、奉仕種族である魔族と共に幻想界《アルト・ミラージュ》だけでなく、他の二世界まで侵攻を開始しようとしていた。

他の神々は結託し、魔神ダークを封印。

彼に使えていた奉仕種族たちに対しても、『肉体を剥奪する』『精神生命体へと退化する』という枷《かせ》を負わされ、幻想界《アルト・ミラージュ》から追放。

そして彼らがたどり着いた地が、鏡刻界《ミラーワーズ》のウィスプ大陸であったという。


………

……

…


後半の部分、魔神ダークが神々に対して反乱を起こしたあたりからのくだりについては、魔族なら誰でも知っている御伽噺である。

だがその前部分、原初の魔族の故郷が聞いたこともない世界であり、そこで魔神ダークに使えていたことなど、アンバランスたちにとって初耳であった。

「……なあ、ゼロよ。その幻想界《アルト・ミラージュ》ってつまりは」

「ああ、察しがいいな。我らが神の眠る地。今は封印大陸と呼ばれている場所である。他にもいくつかの世界は存在するが、それらには魔神ダークさまの側近である【オールデニック】と【プラグマティス】が眠っているらしい……

まあ、どちらも神々の怒りにあい、封印されているのだがな」

まるで見てきたかのように告げるゼロだが、アンバランスたちは彼が他の魔族たちとは異なる存在であることを、本能的に理解している。

「ま、まあ、調停家であるゼロならこういうのを知っていてもおかしくはないんですけれど……」

「そうだな。古き友人である君たちだから、ここのことを説明した。いずれは、ピク・ラティエにも伝えようとは思っているがな」

「まあ、あの子に伝えても、『ふぅん、そうかえ?』で終わるとは思うけれどね」

タイニーダイナーがピク・ラティエの物まねをしつつ呟くので、ゼロも苦笑しつつ相槌《あいづち》を打つ。

「それで、こんなたいそうな場所に来た理由っていうのは? 今回の新たな魔人王即位にも関係しているのだろう?」

アンバランスの問いかけに、ゼロは静かにうなずく。

そして手にしていた書物をスターリングに手渡すと、一度スターリングを見たのち、振り向きざまにこう話しはじめた。

「魔神ダークの封印が解かれる日がくるかもしれない」

「「な、なんだって‼」」

魔神ダークは、すべての魔族に加護を与えている存在。

それゆえに、封印されているという現状から解放されるのならば、これほどありがたいことはないのだが。

「ただ、これは我の推測であるが……魔神ダークは、自らの分体を生み出し、二つの世界でなにかを模索しているようにも感じる。まあ、それが封印開放のための手段を探しているというのなら、わからなくはないがな」

この虚無のゼロの言葉は、実は真実。

実際に魔神ダークから生み出された二つの分体は、それぞれが目的を持って活動を行っている。

一つはダーク神父を名乗り、陣内ことブレインジャッカーや百道烈士《くどれっし》と接触、鏡刻界《ミラーワーズ》と真刻界《リアルコクーン》を繋ぐ転移門を開放しようと画策《かくさく》していた。

そしてもう一つの分体……これは今、どこでなにをしているのか、ダーク神父にもわからない。

そもそも、その単体活動している分体の存在については、ダーク神父すら存在を理解していない節がある。

「……今回の新魔人王の誕生に、まさかダークさまの分体も干渉しているというのか？」

「私は、その可能性もあると考えている。そもそも、真刻界《リアルコクーン》で失われたはずの、オリジナルの王印。それがなぜ、今になって姿をあらわし、新たな魔人王に与えられたのか。私はそこに、なにか別の力が働いている可能性を感じた」

「別の力？」

「ああ……」

そこまで告げると、スターリングは空間に手を入れ、一枚の石板を取り出す。

見たことがない材質によって作られた、古い石板。

そこに刻まれている文字は、二人も見たことがない。

「この石板に、魔力を注いでください。この文字は、古の【神代文字】であり、魔力を注ぐことでメッセージが頭の中に浮かんできます」

そのスターリングの言葉を聞き、アンバランスとタイニーダイナーはお互いの顔を見合わせたのち、覚悟を決めて魔力を注ぐ。

――キィィイイン
そして二人の脳裏には、信じられない光景が浮かびあがった。

広大な空間。

宇宙と呼ばれているその場所で、二つの存在が戦いを繰り広げている。

一つは創造神、そしてもう一つは破壊神。

やがて二つの神は互いを打ち消すかのように融和し、そして躯《むくろ》を残して意識は完全に消滅した。

だが、消滅する際に、二人の神々はいくつもの分身を世に放つ。

それは神々の世界を分割する壁を越え、いくつもの世界へと旅立っていく。

そして壁を越えた破壊神の意識体、すなわち【破壊神の残滓】は、躯となり幾《いく》つもの姿に分割され世界の果てへと放逐された自らの体を集め再生すべく、いくつもの神々の世界へと赴《おもむ》いた。

そして失われた体の一部を発見すると、それが封じられていた世界を滅ぼして回収する。

時間をかけて、ゆっくりと破壊神であった肉体の再生をはじめた。

その光景はまるで、肉体という失われたパズルのピースを集め、一つ一つ組みはじめた子どものように。

やがて、再生をはじめた破壊神は、さらに多くのピースを求めるべく神々の世界へ向かい、その世界を滅ぼしピースを集めるという行為を繰り返していた。

破壊神が最初に回収したものは、【赤き瞳】。

その瞳の力により封じられている肉体を発見すると、とある手段で封印を解除し、世界を滅ぼしていったのである。

その光景の一部始終が、たった一枚の石板に刻まれていたのであった。

――シュンッ
そしてアンバランスとタイニーダイナーは、自分の右手人差し指に見たことがない紋様が浮かびあがったのに気が付いた。

「な、なあゼロよ。これってなんだ?」

「真実の石板から知識を得た証。そして同時に、石板から得た知識を外に漏らすことが出来なくなる……」

「それって、どうすればいいのよ。真実を知った以上は、それを周知して対策を練らなくてはならないんじゃない?」

タイニーダイナーが叫ぶが、ゼロは頭を左右に振る。

「今は、知るだけでいい。すでに一人、原初の魔人はこの真実に対して対処するべく、活動している」

「そいつは何者なんだ‼」

「どこにいるのよ。そいつと手を組めば、この状況を打破できるんじゃないの?」

そう叫ぶ二人だが。

ゼロの口からこぼれたその名に、二人は言葉を失った。

「原初の魔族、カグラ……。初代魔人王カグラが、今、この状況に対処し続けている。彼女はそのために、こうなる未来を予見して真刻界《リアルコクーン》へと旅立ったから」

アンバランスとタイニーダイナーの口からは、なにも紡がれない。

ただ、先ほど見た真実の石板の映像の一つ、幻想界《アルト・ミラージュ》に住む魔神ダークの中に破壊神の分身が吸い込まれていくのを見たこと、そしてそれを遠くから眺めている【真っ赤な瞳】が存在しているという真実を知ったときから、彼らの目的は一つになった。

破壊神の再生を止めること
そして、魔神ダークを開放すること。

だが、そのためになにをすべきなのか、それは二人にはわからない。

そんな複雑な顔をしている二人に、スターリングは優しい笑顔で、こう呟いた。

「ご安心ください。新たな魔人王は、皆さんのよき理解者となりますから……」

『未来を見る目』を持つカグラのように、スターリングもまた『運命を見る目』を持っている。

今日、この時間、ここにゼロが同志を連れてくることを、彼は見ていたのである。

もっとも、カグラのように未来を見ることはできないため、次に訪れる運命に目を向けるしかない。

その次の運命は、こう語っていた。

一つの世界が、終わりを告げる……と。